Leonardo Sciascia:

Tote auf Bestellung

Roman

Deutsch von Arianna Giachi

Deutscher
Taschenbuch
Verlag

dtv

Von Leonardo Sciascia
ist im Deutschen Taschenbuch Verlag erschienen:
Der Tag der Eule (10731)

Oktober 1987
Deutscher Taschenbuch Verlag GmbH & Co. KG,
München
Lizenzausgabe mit freundlicher Genehmigung des
Benziger Verlags, Zürich

Titel der italienischen Originalausgabe:
‹A ciascuno il suo›

ISBN 3-545-36399-6
Umschlaggestaltung: Celestino Piatti
Gesamtherstellung: C. H. Beck'sche Buchdruckerei,
Nördlingen
Printed in Germany · ISBN 3-423-10800-2

Das Buch

Der Apotheker einer sizilianischen Kleinstadt erhält einen Drohbrief. Bald darauf wird er, zusammen mit einem Freund, auf der Jagd erschossen. Hatte der Mörder einen «Grund»? Noch postum geraten der Apotheker und sein Freund ins Zwielicht. Die Polizei hält sich an das Eifersuchtsmotiv und kommt bei ihren Ermittlungen nicht weiter. Will sie das überhaupt? Der hübschen Arztwitwe gilt alles Mitgefühl. Verdient sie es eigentlich? Nur der Lehrer Laurana glaubt nicht an die offiziellen Versionen und recherchiert auf eigene Faust, mit wissenschaftlicher Akribie ... An einem Kriminalfall entlarvt der Autor die zynische und zugleich angstbesessene Verschworenheit einer Gesellschaft, die den Mörder kennt und ihn dennoch ihr geachtetes Mitglied sein läßt, die den Ermordeten als Dummkopf betrachtet, weil er sich einmischte.

Der Autor

Leonardo Sciascia wurde am 8. Januar 1921 in Racalmuto auf Sizilien geboren. Bis 1957 Volksschullehrer in seiner Geburtsstadt. Seither freier Schriftsteller und zeitweilig Parlamentsabgeordneter. Wichtige Werke: ‹Der Tag der Eule› (1961; dt. 1964), ‹Der Abbé als Fälscher› (1963; dt. 1967), ‹Tote auf Bestellung› (1966; dt. 1968), ‹Tote Richter reden nicht› (1971; dt. 1974), ‹Todo modo› (1974; dt. 1977), ‹Aufzug der Erinnerung› (1981; dt. 1984), ‹Das Hexengericht› (1986; dt. 1986).

*Glaubt nicht, daß ich ein Geheimnis
enthüllen oder gar einen Roman
schreiben will.*

Poe, Der Doppelmord in der Rue Morgue

I

Der Brief kam mit der Nachmittagspost. Als erstes legte der Briefträger wie üblich den vielfarbigen Packen der Werbedrucksachen auf den Ladentisch, dann den Brief, so vorsichtig, als wäre zu befürchten, daß er explodierte: ein gelber Umschlag, auf den ein weißes Rechteck mit der aufgedruckten Adresse geklebt war.

«Der Brief da gefällt mir nicht», sagte der Postbote.

Der Apotheker sah von seiner Zeitung auf, nahm die Brille ab und fragte gereizt und neugierig zugleich: «Was ist los?»

«Ich sage, daß mir der Brief da nicht gefällt.» Mit dem Zeigefinger schob er ihn langsam über die Marmorplatte auf dem Ladentisch. Ohne ihn zu berühren, beugte sich der Apotheker vor und betrachtete ihn. Dann richtete er sich auf, setzte die Brille wieder auf und schaute ihn noch einmal gründlich an.

«Warum gefällt er dir nicht?»

«Der ist heute nacht oder heute früh hier eingesteckt worden, und als Adresse ist ein ausgeschnittener Briefkopf der Apotheke draufgeklebt.»

«Stimmt», bestätigte der Apotheker und starrte den Briefträger verlegen und beunruhigt an, als erwarte er von ihm eine Erklärung oder eine Entscheidung.

«Das ist ein anonymer Brief», sagte der Briefträger.

«Ein anonymer Brief», echote der Apotheker. Noch hatte er ihn nicht angefaßt, und schon störte dieser Brief sein häusliches Leben, fuhr wie ein einäschernder

Blitz auf eine nicht hübsche, ein wenig verblühte, ein wenig schlampige Frau nieder, die in der Küche gerade ein Zicklein zubereitete, um es für das Abendessen in den Ofen zu schieben.

«Die Unsitte der anonymen Briefe ist hier weit verbreitet», sagte der Briefträger. Er hatte seine Tasche auf einen Stuhl gestellt und sich an den Ladentisch gelehnt. Er wartete darauf, daß der Apotheker sich entschloß, den Brief zu öffnen. Im Vertrauen auf das offenherzige, arglose Wesen des Empfängers hatte er ihn unversehrt abgeliefert, ohne ihn zuvor (selbstverständlich mit aller gebotenen Vorsicht) zu öffnen. Wenn er ihn aufmacht, und es handelt sich um einen Seitensprung seiner Frau, erfahre ich nichts. Ist es aber eine Drohung oder dergleichen, dann zeigt er ihn mir. Jedenfalls wollte er nicht fortgehen, ohne Bescheid zu wissen. Zeit hatte er ja.

«Mir einen anonymen Brief?» sagte der Apotheker nach langem Schweigen verwundert und empört, machte aber ein erschrockenes Gesicht. Bleich, mit verstörtem Blick, Schweißtropfen auf der Oberlippe. Und bei all seiner bebenden Neugier teilte der Briefträger diese Verwunderung und Empörung. Ein rechtschaffener Mann, leutselig und mit Herz; einer, der in seiner Apotheke jedermann Kredit einräumte und der bei den Bauern auf dem Land, das seine Frau in die Ehe mitgebracht hatte, fünf gerade sein ließ. Auch böses Gerede über die Apothekersfrau war dem Briefträger nie zu Ohren gekommen.

Plötzlich gab sich der Apotheker einen Ruck. Er nahm den Brief, öffnete ihn und entfaltete das Blatt. Der Briefträger sah das, was er erwartet hatte: Der Brief

bestand aus Wörtern, die aus einer Zeitung ausgeschnitten worden waren.
Der Apotheker leerte den bitteren Kelch auf einen Zug. Zwei Zeilen, nicht mehr.
«Hör dir das mal an», sagte er, aber erleichtert, fast belustigt. Der Briefträger dachte: Also kein Seitensprung. Er fragte: «Und was ist's, eine Drohung?»
«Eine Drohung», bestätigte der Apotheker. Er reichte ihm das Blatt. Der Briefträger griff begierig danach und las laut: «Dieser Brief ist Dein Todesurteil, für das, was Du getan hast, mußt Du sterben.» Er faltete es zusammen und legte es auf den Ladentisch. «Ein Scherz», sagte er, und das meinte er wirklich.
«Glaubst du, daß es ein Scherz ist?» fragte der Apotheker ein bißchen beklommen.
«Was soll es denn sonst sein? Ein Scherz. Es gibt Leute, die juckt das Fell, und dann machen sie solche Scherze. Auch am Telefon.»
«Stimmt», sagte der Apotheker, «das habe ich auch schon erlebt. Nachts läutet das Telefon, ich nehme den Hörer ab, und eine Frau fragt, ob mir ein Hund entlaufen sei, sie habe einen gefunden, halb blau und halb rosa, und man habe ihr gesagt, der gehöre mir. Späße. Aber das hier ist eine Todesdrohung.»
«Das ist doch dasselbe», erklärte der Briefträger fachmännisch, nahm die Tasche und schickte sich an zu gehen. «Machen Sie sich bloß keine Gedanken deswegen», sagte er zum Abschied.
«Ich mache mir keine Gedanken», sagte der Apotheker, und schon war der Briefträger draußen. Aber er machte sich Gedanken. Dafür, daß es nur ein Scherz sein sollte, ging das doch recht weit. Wenn es überhaupt ein Scherz

war ... Aber was konnte es sonst sein? Streitigkeiten hatte er nie gehabt, um Politik kümmerte er sich nicht, ja er diskutierte nicht einmal darüber, und wem er bei den Wahlen seine Stimme gab, wußte wirklich niemand: bei den Parlamentswahlen den Sozialisten, aus Familientradition und in Erinnerung an seine Jugend, bei den Gemeindewahlen den Christdemokraten, aus Heimatliebe, weil eine christdemokratische Gemeindeverwaltung bei der Regierung etwas für den Ort herausschlagen konnte, und um jene Einkommenssteuer zu verhindern, mit der die Linksparteien drohten. Nie hatte es Diskussionen darüber gegeben: Wer rechts stand, der hielt ihn für einen Mann der Rechten, und wer links stand, für einen Linken.

Sich mit Politik abzugeben war im übrigen verlorene Zeit. Wer das nicht einsah, der hatte entweder seinen Vorteil davon oder war mit Blindheit geschlagen. Der Apotheker jedenfalls lebte in Frieden. Und vielleicht war das auch der eigentliche Grund für den anonymen Brief. Ein so friedliebender Mensch mußte ja Leute, deren Lebenselement Haß und Bosheit war, reizen, ihn zu beunruhigen und zu erschrecken. Oder sollte man vielleicht den Grund in seiner einzigen Leidenschaft suchen, der Jagd? Jäger sind bekanntlich Neidhammel; du brauchst nur ein gutes Frettchen zu haben oder einen guten Hund, und schon hassen dich alle Jäger im Ort, auch deine Freunde, die mit dir auf die Jagd gehen und jeden Abend zu einem Plausch in die Apotheke kommen. Daß Jagdhunde vergiftet wurden, war im Ort keine Seltenheit. Wer einen guten Hund besaß und es wagte, ihn abends auf der Piazza frei laufen zu lassen, mußte damit rechnen, daß er sich bald unter der

Wirkung des Strychnins in Krämpfen wand. Und wer weiß, ob nicht der oder jener das Strychnin mit der Apotheke in Zusammenhang brachte. Zu Unrecht natürlich, zu Unrecht, denn für den Apotheker Manno war ein Hund heilig wie ein Gott, vor allem ein wirklich guter Jagdhund, ob es sich dabei um die eigenen oder um die seiner Freunde handelte. Die eigenen waren im übrigen sicher vor Gift. Er besaß elf, die meisten von einer aus der Cyrenaika stammenden Rasse, gutgenährt, wie Menschen behandelt, und der Garten hinter dem Haus stand ihnen zur Verfügung für ihre Bedürfnisse und als Auslauf. Es war ein Vergnügen, sie zu sehen und zu hören. Ihr Gebell, über das die Nachbarn zuweilen schimpften, war Musik in den Ohren des Apothekers. Er erkannte jeden an der Stimme und hörte, ob er vergnügt, ob mißgelaunt oder gar krank war.

Ja gewiß, einen anderen Grund gab es nicht. Also ein Scherz, jedenfalls bis zu einem gewissen Grad. Jemand wollte ihm Angst einjagen, damit er am Mittwoch, an seinem freien Tag, nicht auf die Jagd ginge. Denn ohne unbescheiden zu sein: Mit seinen guten Hunden und dank seiner Treffsicherheit verursachte er jeden Mittwoch ein wahres Massensterben unter den Hasen und Kaninchen. Dr. Roscio, sein ständiger Begleiter, konnte das bezeugen. Auch er war ein guter Schütze, auch er besaß ein paar gute Hunde, aber alles in allem ... So schmeichelte der anonyme Brief schließlich seiner Eitelkeit und bestätigte seinen Ruf als Jäger. Die Eröffnung der Jagdsaison stand nämlich unmittelbar bevor, und offenbar wollte man ihm den Spaß am ersten Tag verderben, der für den Apotheker, mochte

er nun auf einen Mittwoch fallen oder nicht, der strahlendste Tag im ganzen Jahre war.
Über diese nun unzweifelhafte Absicht des Briefes und über die Person des Schreibers grübelnd, brachte der Apotheker einen Korbsessel hinaus und setzte sich in den Schatten, den das Haus jetzt warf. Ihm gegenüber stand das Bronzedenkmal von Mercuzio Spanò, dem «Lehrer des Rechts und mehrmaligen Staatssekretär für das Postwesen». Und in dieser zweifachen Eigenschaft schien der lange Schatten des Juristen im klaren Abendlicht von Betrachtungen über anonyme Briefe umdüstert. Ermuntert von diesem Gedanken, sah der Apotheker zu ihm hinauf. Aber seine Munterkeit verkehrte sich alsbald in die Bitternis dessen, der, von Unrecht heimgesucht, entdeckt, wie hoch die eigene Menschlichkeit über die Bosheit anderer erhaben ist, und der mit sich hadert und es beklagt, daß er selbst solcher Bosheit nicht fähig ist.
Als der Schatten des Mercuzio Spanò schon bis an die Mauer des Schlosses Chiaramonte hinüberreichte, das auf der anderen Seite der Piazzetta lag, war der Apotheker so tief in seine Gedanken versunken, daß Don Luigi Corvaia glaubte, er sei eingeschlafen. «Aufgewacht», rief er ihm zu, und der Apotheker schrak zusammen, lächelte und stand auf, um einen Stuhl für den Gast zu holen.
«Ein schrecklicher Tag», seufzte Don Luigi und sank erschöpft auf den Stuhl.
«Das Thermometer ist auf vierundvierzig Grad gestiegen.»
«Aber jetzt kühlt es ab, und du wirst sehen, daß man heute nacht eine Decke braucht.»

«Selbst auf das Wetter ist kein Verlaß mehr», sagte der Apotheker bitter und entschloß sich, Don Luigi die Neuigkeit sofort mitzuteilen, der dann dafür sorgen würde, daß jeder, der hinzukam, sie sofort erfuhr. «Ich habe einen anonymen Brief erhalten.»

«Einen anonymen Brief?»

«Einen Drohbrief.» Er stand auf, um ihn zu holen.

Don Luigi reagierte auf die Lektüre der beiden Zeilen erst mit einem «Herrgott!» und sagte dann: «Das ist ein Scherz.»

Der Apotheker stimmte dem zu. Ja, das war ein Scherz, aber vielleicht verfolgte man damit eine bestimmte Absicht.

«Was für eine Absicht?»

«Mich von der Jagd fernzuhalten.»

«Hm, das kann sein. Ihr Jäger seid ja zu allem fähig», sagte Don Luigi, der die unvernünftig hohen Kosten und die Anstrengungen der Jagd scheute, ein geschmortes Rebhuhn und ein süßsauer zubereitetes Kaninchen aber wohl zu schätzen wußte.

«Nicht alle», stellte der Apotheker richtig.

«Gewiß, gewiß. Keine Regel ohne Ausnahme. Aber du weißt doch, wozu sich manche Leute hinreißen lassen: ein Fleischklops, mit Strychnin vergiftet, oder ein Schuß auf den Hund des Freundes statt auf den Hasen, den er gerade verfolgt ... Ihr Rindviecher, was tut euch denn der Hund? Gut oder schlecht, ein Hund bleibt ein Hund. Wenn ihr Mut habt, dann haltet euch doch an den Herrn.»

«Das ist nicht dasselbe», sagte der Apotheker, dem gewisse Aufwallungen des Neides auf die Hunde anderer Leute nicht fremd waren. Selbstverständlich

führte das nie so weit, daß er gleich an Vergiften dachte.
«Für mich ist es dasselbe. Wer fähig ist, kaltblütig einen Hund abzumurksen, dem traue ich zu, daß er auch einen Menschen umlegt, als wäre es die selbstverständlichste Sache von der Welt.» Aber dann fügte er hinzu: «Vielleicht, weil ich kein Jäger bin.»
Tatsächlich diskutierten sie den ganzen Abend über die Psychologie der Jäger. Denn jedem, der hinzukam, erzählten sie von dem anonymen Brief und endeten jedesmal bei der finsteren Eifersucht, dem Neid und all dem noch Schlimmeren im Herzen derer, die der altehrwürdigen Weidmannslust frönten. Anwesende waren natürlich ausgeschlossen, obwohl Don Luigi Corvaia, was das Vergiften von Hunden und den anonymen Brief anging, auch die Anwesenden beargwöhnte. Mit scharfen Äuglein zwischen runzligen Lidern forschte er in ihren Gesichtern. Dem Dr. Roscio, dem Notar Pecorilla, dem Rechtsanwalt Rosello, dem Lehrer Laurana, ja sogar dem Apotheker selbst – der nicht nur ein Giftmörder sein, sondern auch den Brief verfaßt haben konnte, um sich so in aller Öffentlichkeit das Ansehen eines gefürchteten Jägers zu geben –, ihnen allen traute Don Luigi ebensoviel Bosheit zu, wie sie insgeheim seinem eigenen, zu Mißtrauen, Argwohn und List erzogenen Gemüt entströmte.
Alle waren sie sich darin einig, daß der Brief als ein Scherz anzusehen sei. Ein übler Scherz war das allerdings, und erst recht, wenn man es wirklich darauf abgesehen hatte, den Apotheker von der feierlichen Eröffnung der Jagdsaison fernzuhalten. Und als wie jeden Abend der Carabinieri-Wachtmeister vorbeikam,

war der Apotheker ganz und gar in der Stimmung, die Sache als Spaß abzutun. Deshalb tat er zum Scherz, als wäre er tief betroffen und verängstigt, und beklagte sich bei dem Wachtmeister, daß ein anständiger Mensch, ein guter Bürger und Familienvater, in dem Ort, für dessen Sicherheit er, der Wachtmeister, verantwortlich sei, mir nichts, dir nichts mit dem Tode bedroht werden könne.

«Was ist denn geschehen?» fragte der Wachtmeister und lachte schon in der Erwartung, von einem Schabernack zu erfahren. Als er aber den Brief zu Gesicht bekam, wurde er ernst. Das konnte ein Scherz sein, und vielleicht war es tatsächlich einer. Aber der Tatbestand einer strafbaren Handlung war gegeben, und darum mußte Anzeige erstattet werden.

«Eine Anzeige? Auf keinen Fall», widersprach der Apotheker in seiner euphorischen Verfassung.

«Doch, das muß sein. Das ist Gesetz. Ich bin gern bereit, Ihnen den Weg zur Polizei zu ersparen. Wir setzen sie hier auf. Aber was sein muß, das muß sein. Es dauert ja auch nur ein paar Minuten.»

Sie gingen in den Laden, der Apotheker zündete die Lampe auf dem Tisch an und begann nach dem Diktat des Wachtmeisters zu schreiben.

Der Wachtmeister hielt beim Diktieren den entfalteten Brief in der Hand, und das Licht der Lampe fiel schräg darauf. Professor Laurana, der neugierig war auf Form und Wortlaut der Anzeige, sah, daß sich auf der Rückseite des Briefes das Wort UNICUIQUE deutlich abzeichnete, außerdem in kleineren Buchstaben und weniger klar: Ordine naturale, menti observantur, tempo, sede. Er trat näher, um die Schrift besser entziffern zu können, und las laut: «Umano.» Dem Wachtmeister war das lästig, er sagte darum und zur Wahrung dessen, was nunmehr sein Amtsgeheimnis war: «Entschuldigen Sie, sehen Sie nicht, daß ich gerade diktiere?»

«Ich habe das Blatt nur von hinten gelesen», rechtfertigte sich der Professor. Der Wachtmeister ließ die Hand sinken und faltete den Brief wieder zusammen.

«Vielleicht wäre es gut, wenn auch Sie ihn einmal so läsen», sagte der Professor ein bißchen gekränkt.

«Wir werden tun, was nötig ist, zweifeln Sie nicht daran», antwortete der Wachtmeister würdevoll und fuhr fort zu diktieren.

II

Der dreiundzwanzigste August 1964 war der letzte glückliche Tag, den der Apotheker Manno auf dieser Erde hatte. Und nach Ansicht des Gerichtsmediziners erlebte er ihn bis Sonnenuntergang. Diese Feststellung der Wissenschaft wurde durch die Reichhaltigkeit der Jagdbeute gestützt, die den Taschen des Apothekers und des Dr. Roscio entquoll: elf Kaninchen, sechs Rebhühner und drei Hasen. Nach der Meinung der Sachverständigen und in Anbetracht der Tatsache, daß die Gegend kein Jagdrevier und nicht eigentlich wildreich war, bedeutete das den Ertrag eines ganzen Jagdtages. Der Apotheker und der Doktor machten es sich nämlich gern schwer, um ihr eigenes Können und das ihrer Hunde auf die Probe zu stellen. Darin stimmten sie überein, und deshalb gingen sie immer zusammen hinaus, ohne andere Gesellschaft zu suchen. Und gemeinsam beendeten sie diesen glücklichen Jagdtag, zehn Meter voneinander entfernt. Der Apotheker war in den Rücken getroffen und Dr. Roscio in die Brust. Und im ewigen Nichts oder in den ewigen Jagdgründen leistete ihnen auch einer der Hunde Gesellschaft, einer von den zehn, die der Apotheker auf die Jagd mitgenommen hatte, denn den elften hatte er zu Hause gelassen, weil seine Augen entzündet waren. Vielleicht hatte der Hund sich auf die Mörder gestürzt, vielleicht hatten sie ihn auch nur im Übermaß ihrer Leidenschaft und Gewalttätigkeit getötet.

Wie die anderen neun Apothekerhunde und die beiden des Doktors sich verhalten hatten, erfuhr man nie. Fest steht, daß sie gegen neun Uhr in den Ort zurückkamen, und zwar der Ortslegende nach in dichtem Rudel und so geheimnisvoll heulend, daß alle – denn natürlich sahen und hörten sie alle – ein Schauer ängstlicher Ahnung überlief. So zusammengerottet, schossen die Hunde winselnd schnurstracks auf den Lagerraum zu, den der Apotheker als Hundezwinger hergerichtet hatte, und vor seiner verschlossenen Tür heulten sie doppelt laut, zweifellos um dem, der seiner entzündeten Augen wegen zurückgeblieben war, Kunde von dem traurigen Ereignis zu geben.

Diese Heimkehr der Hunde veranlaßte den gesamten Ort, tagelang – und später immer wieder, sobald über Hundeeigenschaften gesprochen wurde – an der Schöpfungsordnung herumzumäkeln; denn es ist doch wahrhaftig nicht ganz gerecht, daß dem Hund die Sprache vorenthalten wurde. Dabei vergaß man, zur Rechtfertigung des Schöpfers in Betracht zu ziehen, daß sich unter obwaltenden Umständen die Hunde des Doktors, selbst wenn sie hätten sprechen können, bei einer Gegenüberstellung mit dem Wachtmeister über die Mörder ausgeschwiegen hätten. Eben dieser Wachtmeister wurde von der besorgniserregenden Heimkehr der Hunde gegen Mitternacht benachrichtigt, als er schon zu Bett gegangen war. Und bis zum Morgengrauen stand er, unterstützt von Carabinieri und Arbeitslosen, auf der Piazza und versuchte, die Hunde mit Streicheln, Kuttelstücken und gutem Zureden zu bewegen, ihn an den Ort zu führen, an dem sie ihre Herren verlassen hatten. Aber die Hunde taten, als begriffen sie nichts. So begann der Wachtmeister mit seinen Ermittlungen erst, als die Sonne schon hoch stand und nachdem er von der Apothekersfrau erfahren hatte, wohin die beiden vermutlich zur Jagd gegangen waren. Und nach einem Tag, daß Gott erbarm, fand er schließlich gegen Abend die Leichen. Genau das hatte er erwartet, denn schon in dem Augenblick, als er aus dem Bett sprang, war ihm klar, daß die Drohung in dem Brief, die alle und auch er selbst für einen Scherz gehalten hatten, wahr gemacht worden war. Das war eine böse Sache, die böseste, die dem Wachtmeister in den drei Jahren, die er in dem Ort verbracht hatte, vorgekommen war: ein Doppelmord, und die beiden Opfer waren anständige und beliebte Leute in angesehener Stellung und mit vornehmer Verwandtschaft. Beim Apotheker war die Frau eine geborene Spanò, Urenkelin jenes Spanò, dem man ein

Denkmal gesetzt hatte, und Dr. Roscio war der Sohn des Augenarztes Professor Roscio, und seine Frau, eine geborene Rosello, war eine Nichte des Dekans und eine Kusine des Rechtsanwalts Rosello.
Es bedarf darum kaum der Erwähnung, daß aus der Kreisstadt der Oberst und der Chefkommissar eines Einsatzkommandos herbeieilten. Und wie man aus den Zeitungen erfuhr, übernahm der Kommissar dann die Leitung der Ermittlungen, natürlich in enger Zusammenarbeit mit den Carabinieri. Und da doppelt genäht besser hält, wurden als erstes alle Vorbestraften festgenommen, außer den Bankrotteuren und Wucherern, deren es im Ort nicht wenige gab. Aber nach Ablauf von achtundvierzig Stunden wurden alle wieder nach Hause entlassen. Das Dunkel war undurchdringlich, auch für die örtlichen Vertrauensleute der Carabinieri.
Inzwischen rüstete man zu einem Leichenbegängnis, dessen Großartigkeit der sozialen Stellung der Opfer und ihrer Familien, dem Widerhall, den der Fall in der Öffentlichkeit gefunden hatte, und der Tatsache entsprechen sollte, daß die gesamte Bürgerschaft daran teilnahm. Die Polizei beschloß, es zu filmen und dadurch noch feierlicher zu gestalten und zu verewigen. Die Vorbereitungen dazu wurden so heimlich getroffen, daß später jeder, der am Leichenzug teilgenommen hatte, auf der Leinwand mit einem Gesicht auftauchte, das dem Objektiv, dem Kameramann und den Ermittlungsbeamten zu sagen schien: Ich weiß, daß ihr da seid, aber damit verliert ihr nur eure Zeit. Mein Gesicht ist das eines Ehrenmannes, eines Unschuldigen, eines Freundes der Opfer.
Im Gefolge der Toten, die, von ihren anhänglichsten

und kräftigsten Kunden und Patienten auf den Schultern getragen, in ihren massiven und außerdem mit Bronze beschlagenen Särgen schwer wie Blei waren, unterhielten sich die Freunde aus der Apotheke über den Brief, nahmen die Vergangenheit des Apothekers unter die Lupe und widmeten ihre ganze, den Umständen angemessene Teilnahme dem armen Dr. Roscio, der mit der Sache überhaupt nichts zu tun hatte und seinen Leichtsinn, den Apotheker zu begleiten, nachdem er den Drohbrief bekommen hatte, mit dem Leben bezahlen mußte. Denn bei allem Respekt vor dem Apotheker konnte man jetzt, da die Drohung auf so entsetzliche Weise wahr gemacht worden war, nicht mehr bestreiten, daß die Mörder einen Anlaß gehabt hatten, zur Waffe zu greifen, möglicherweise einen absurden Anlaß, der sich auf eine geringfügige, vor langer Zeit geschehene, unbedachte Tat – eine Missetat – bezog. Aber schließlich sprach der Brief doch eine deutliche Sprache: «Für das, was Du getan hast, mußt Du sterben.» Also mußte den Apotheker eine – natürlich leichte, natürlich lange zurückliegende – Schuld treffen. Immerhin: Von nichts kommt nichts. Und wegen einer bloßen Kleinigkeit bringt man nicht einen Menschen um (in diesem Fall, in den der unschuldige Dr. Roscio einbezogen war, sogar zwei). Zugegeben, in der Hitze der ersten Erregung kann man jemanden auch wegen einer Kleinigkeit umbringen. Aber dieses Verbrechen war kaltblütig vorbereitet worden, um eine schwer zu verwindende Beleidigung, eine jener Kränkungen zu rächen, die die Zeit nicht heilt, sondern verschlimmert. An Narren, das weiß man ja, fehlt es nie. Sie setzen sich in den Kopf, eine bestimmte

Person habe nichts anderes im Sinn, als sie insgeheim und ohne Unterlaß zu verfolgen. Aber handelte es sich hier tatsächlich um die Tat eines solchen Narren? Ganz abgesehen davon, daß es zu ihr zweier Narren bedurft hätte, und zwei in Übereinstimmung handelnde Narren kann man sich nur schwer vorstellen. Denn daß es sich um zwei Mörder handelte, war nicht zu bezweifeln. Niemand hätte gewagt, es allein mit zwei bewaffneten Männern aufzunehmen, die ihre Flinten geladen und schußbereit zur Hand hatten. Und es war allgemein bekannt, daß die beiden Männer rasch entschlossene, recht treffsichere Schützen waren. Närrisch, jawohl, war natürlich der Brief. Warum diese Drohung? Und wenn der Apotheker im Bewußtsein seiner Schuld (die ja vorhanden sein mußte) oder auch nur unter dem Eindruck der Drohung verzichtet hätte, auf die Jagd zu gehen? Wäre der Plan der Mörder dann nicht ins Wasser gefallen?

«Der Brief», sagte der Notar Pecorilla, «ist bezeichnend für ein Leidenschaftsdelikt. So groß das Risiko auch sein mag, möchte der Rächer doch, daß das Opfer von dem Augenblick an, in dem es den Brief erhält, zu sterben beginnt und zugleich die eigene Schuld noch einmal durchlebt.»

«Aber der Apotheker begann ja gar nicht zu sterben», wandte Professor Laurana ein. «Vielleicht war er an dem Abend, an dem er den Brief bekam, ein bißchen aufgeregt, aber dann scherzte er darüber und beruhigte sich.»

«Was wissen Sie denn von dem, was ein Mann verbergen kann?» entgegnete der Notar.

«Warum verbergen? Hätte er einen Verdacht gehabt,

von wem die Drohung stammte, wäre es das Vernünftigste gewesen ...»

«... diesen Verdacht den Freunden oder gar dem Wachtmeister gegenüber zu äußern», fuhr der Notar ironisch fort.

«Und warum nicht?»

«Aber lieber Freund», sagte der Notar erstaunt und vorwurfsvoll, doch in herzlichem Ton. «Stellen Sie sich einmal vor, lieber Freund, daß der Apotheker Manno seligen Angedenkens in einem Augenblick der Schwäche, der Torheit ... Wir sind schließlich alle Männer, nicht wahr?» Zustimmung heischend, sah er sich um. Sie wurde ihm nicht versagt. «In eine Apotheke kommen mehr Frauen als Männer, der Apotheker gilt fast als ein Arzt ... Und wie es so geht: Gelegenheit macht Diebe ... Ein Mädchen, eine junge Frau ... Wohlgemerkt, mir ist nicht bekannt, ob der Selige dergleichen Schwächen gehabt hat. Aber wer kann das beschwören?»

«Niemand», sagte Don Luigi Corvaia.

«Na, sehen Sie», fuhr der Notar fort, «und ich könnte hinzufügen, daß es an Verdachtsmomenten ... Seien wir doch ehrlich: Der Selige hat eine Geldheirat gemacht. Man braucht die Frau Gemahlin, die Ärmste, doch nur anzuschauen, um daran nicht zu zweifeln. Eine ausgezeichnete Frau, gewiß, eine Frau von hoher Tugend, aber so häßlich, die Ärmste, wie es dem Schöpfer nur möglich war ...»

«Er stammte aus armen Verhältnissen», sagte Don Luigi, «und wie alle, die arm gewesen sind, war er, vor allem in seiner Jugend, geldgierig und geizig. Dann, nach der Heirat, als die Apotheke immer besser ging, änderte sich das, zumindest dem Anschein nach.»

«Richtig: dem Anschein nach. Denn im tiefsten Grund blieb er verschlossen und hart... Und um auf den Kern der Sache zurückzukommen, überlegt doch einmal: Wie benahm er sich, wenn von Frauen die Rede war?»

Diese Frage wurde sofort von Don Luigi beantwortet: «Er hörte schweigend zu, er sagte kein Wort.»

«Das ist doch, geben wir, die wir so gerne über Frauen reden, es ehrlich zu, das Verhalten eines Mannes, der handelt. Manchmal – erinnert ihr euch? – lächelte er, als wolle er sagen: ‹Ihr redet, aber ich handele.› Und dann muß man auch in Betracht ziehen, daß er ein schöner Mann war.»

«Was Sie da behaupten, lieber Notar, besagt gar nichts», mischte sich der Professor ein. «Und selbst angenommen, der Apotheker hätte ein Mädchen entehrt oder eine junge Frau beleidigt, um es in der Sprache volkstümlicher Romane von Anno dazumal zu sagen... Selbst wenn das also stimmte, müßte immer noch eine Erklärung gefunden werden, warum der Apotheker nach Empfang des Briefes seine Vermutungen über die Person des Absenders dem Wachtmeister nicht anvertrauen konnte.»

«Weil manche Leute, vor die Wahl gestellt, den häuslichen Frieden zu verlieren oder den ewigen Frieden zu gewinnen, sich für den ewigen Frieden entscheiden, und damit hat es sich», erklärte der Commendatore Zerillo, und dabei stand ihm das Bedauern deutlich im Gesicht geschrieben, daß er selbst bisher keine Gelegenheit gehabt hatte, diese Wahl zu treffen.

«Aber der Wachtmeister hätte doch mit aller Diskretion...» versuchte Professor Laurana es noch einmal.
«Reden Sie keinen Unsinn», schnitt ihm der Notar das Wort ab und fügte hinzu: «Entschuldigen Sie, ich erkläre Ihnen das später.»
Denn schon war man auf dem Platz angekommen, wo vor der Friedhofskapelle die Reden zum Lobe der Toten gehalten wurden, und die Aufgabe, eine Leichenrede für den Apotheker zu halten, war ausgerechnet dem Notar zugefallen.
Aber der Professor bedurfte der versprochenen Erklärung nicht. Er hatte tatsächlich Unsinn geredet.
Schon am Vorabend hatte der Kommissar die Witwe Manno mit vorsichtigen Anspielungen und zartfühlenden Umschreibungen aufgefordert, sich zu erinnern, nachzudenken, ob sie jemals, was ja immer und überall vorkommen könne, auch nur den Schatten – den Schatten – eines Verdachts gehabt habe, beileibe nicht, daß ihr Mann ein Verhältnis gehabt oder sie gelegentlich betrogen habe, daß aber eine Frau hinter ihm hergewesen sei, ihn in Versuchung geführt habe, allzu häufig in die Apotheke gekommen sei. Selbst der flüchtigste Eindruck hätte dem Kommissar genügt. Aber die Witwe verneinte entschieden und blieb dabei. Der Kommissar gab sich indessen nicht geschlagen, sondern ließ die Dienstmagd in die Carabinieri-Kaserne kommen, verhörte sie väterlich und brachte sie nach sechs Stunden zu dem Geständnis, ja, einmal habe es einen kleinen häuslichen Zwischenfall gegeben. Es ging dabei um ein Mädchen, das sich nach Meinung der gnädigen Frau allzuoft in der Apotheke habe sehen lassen. (Die Wohnung war über der Apotheke, und

wenn die Apothekersfrau es darauf anlegte, konnte sie von dort aus bequem kontrollieren, wer unten ein und aus ging.) Frage: «Und der Apotheker?» Antwort: «Sagte, das stimme nicht.» Frage: «Und was hielten Sie davon?» Antwort: «Ich? Was hab denn ich damit zu tun?» Frage: «Hatten Sie den gleichen Verdacht wie die gnädige Frau?» Antwort: «Die gnädige Frau hatte gar keinen Verdacht, sie fand das Mädchen nur sehr munter, und Männer sind halt Männer ...» Frage: «Sehr munter und auch sehr hübsch, nicht wahr?» Antwort: «Meiner Meinung nach nicht besonders.» Frage: «Sehr munter, das heißt also sehr lebhaft und recht kokett ... Meinen Sie das?» Antwort: «Ja.» Frage: «Und wie heißt dieses Mädchen?» Antwort: «Das weiß ich nicht.» Mit den Varianten: «Ich kenne sie nicht, ich habe sie nie gesehen, ich habe sie nur einmal gesehen und kann mich nicht an sie erinnern.» Und dabei blieb es von 14.30 bis 19.15 Uhr. Zu diesem Zeitpunkt aber schloß sich wider Erwarten die Gedächtnislücke der Magd, und ihr fiel nicht nur der Name des Mädchens ein, sondern auch Alter, Straße, Hausnummer, die gesamte Verwandtschaft bis zum fünften Grad und eine Unmenge anderer Einzelheiten.

Und 19.30 Uhr stand das Mädchen im Büro des Kommissars, während der Vater vor dem Kasernentor wartete; und um 21 Uhr erschien die künftige Schwiegermutter in Begleitung zweier Freundinnen bei ihr zu Hause, brachte ihr eine Armbanduhr, eine Krawatte, einen Schlüsselring und zwölf Briefe und verlangte, daß man ihr unverzüglich zwölf Briefe, einen Ring, ein Armband und einen Schleier, wie man ihn zur Messe trägt, zurückgebe. Und nachdem diese Zeremonie, die das Verlöbnis unwiderruflich auflöste, rasch abgewikkelt worden war, setzte die alte, ehemals künftige Schwiegermutter noch das Siegel ihrer Bosheit darunter und sagte: «So, und nun sucht euch einen anderen Dummkopf», womit sie freilich zugab, daß ihr Sohn der Klügste nicht war, wenn er seine Ehre einem Mädchen anvertraute, das ein Verhältnis mit dem Apotheker hatte. Diese Aufforderung entlockte der Mutter des Mädchens und den Verwandten, die schleunigst herbeigeeilt waren, Seufzer der Scham und der Wut. Aber noch ehe sie wieder so recht zu sich kamen und loslegen konnten, entfernte die Alte sich eilig, gefolgt von ihren beiden Freundinnen. Und kaum war sie auf der Straße, da rief sie so laut, daß die Nachbarschaft es hören konnte: «Nicht jedes Unglück bringt Schaden. Hätten Sie den denn nicht umbringen können, ehe mein Sohn in dieses Haus kam?» Das war offensichtlich eine Anspielung auf den Apotheker, dem somit noch am selben Tag eine zweite Leichenrede gehalten wurde.

III

Auf Grund eines Stapels von Rezepten und der Aussage des Arztes, der sie geschrieben hatte, gelangte der Kommissar schließlich zu der Überzeugung, daß das Kommen und Gehen des Mädchens in der Apotheke ziemlich eindeutig auf eine Meningitis ihres elfjährigen Bruders zurückzuführen war, der noch immer Spuren davon aufwies: ein stumpfsinniges, verängstigtes Aussehen, Gedächtnislücken und Sprachschwierigkeiten. Da der Vater zur Arbeit aufs Feld ging und die Mutter das Haus nicht verließ, fiel die Aufgabe, die Rezepte zu besorgen und ärztlichen Rat einzuholen, dem Mädchen zu, das ohnehin das regste und gebildetste Mitglied der Familie war. Der Vater und der ehemalige Verlobte wurden natürlich auch vernommen, aber nur der Vollständigkeit halber.

Der Kommissar war überzeugt. Nun hatte die Tochter nur noch einen ganzen Ort von 7500 Einwohnern von ihrer Unschuld zu überzeugen, ihre Angehörigen inbegriffen, die sich, kaum daß sie von dem Kommissar entlassen war, auf sie gestürzt und sie – schaden konnte das ja auf keinen Fall – schweigend und verbissen gründlich verprügelt hatten.

Die Witwe Teresa Manno, geborene Spanò, hatte unterdessen alle Fotografien mit dem Bild des Apothekers hervorgeholt, um jene auszusuchen, die, auf Email reproduziert, sein Grab schmücken sollte. Aber bei jeder sah sie in dem schönen, friedlichen Gesicht ihres Mannes ein kaum wahrnehmbares Grinsen über die Lippen huschen, und in seinen Augen zuckte ein kaltes, spöttisches Licht. So vollzog sich die Verwandlung des Apothekers selbst unter dem Dach, unter dem er fünfzehn Jahre lang als treuer Ehemann und vorbildlicher Vater gelebt hatte. Der Verdacht quälte die Witwe sogar im Schlaf. Spiegel blinkten auf, in denen der Apotheker nackt wie ein Wurm und mit klapprigen Gliedern als Hampelmann erschien. Und wenn die Witwe dann aus dem Schlaf schrak und aufstand, um von neuem die Bilder ihres Mannes zu befragen, dann kam es ihr manchmal vor, als antwortete er ihr aus dem

Jenseits, in dem er sich aufhielt, alles sei Humbug und unwichtig, und manchmal, häufiger, aus einem zynischen, zügellosen Leben, das er noch immer führte. Tief empört aber waren ihre Verwandten, die schon immer bereit gewesen waren, ihr diese Ehe vorzuwerfen. Die Verwandten des Apothekers dagegen, jetzt ebenso am Rande der Trauerfeierlichkeiten, wie sie sich bisher von seinem behäbigen und satten Leben ferngehalten hatten, waren geneigt, den Lauf der Dinge als schicksalhaft zu betrachten; denn wenn einer zu hoch hinauswill und glaubt, Glück und Reichtum erjagt zu haben, dann holen Leid, Schande und Tod ihn nur um so rascher ein.

Obgleich jedes Indiz bis auf den Stummel einer Zigarre, der am Tatort gefunden wurde, fehlte – die Ermittlungsbeamten waren der Ansicht, einer der Mörder habe bei seinem langen Warten im Hinterhalt geraucht –, gab es im Ort niemanden, der nicht im stillen und auf eigene Faust das Geheimnis vollständig oder doch fast vollständig gelöst hatte oder zumindest glaubte, er besitze den Schlüssel, um es zu lösen. Auch Professor Laurana hatte einen solchen Schlüssel, und zwar in Gestalt jenes UNICUIQUE, das zusammen mit anderen Wörtern, die ihm inzwischen entfallen waren, in dem schrägen Licht auf der Rückseite des Briefes sichtbar geworden war. Er wußte nicht, ob der Wachtmeister seinem Rat gefolgt war und sich die Rückseite des Briefes angesehen hatte oder ob der Brief zumindest im Laufe der Ermittlungen in den Laboratorien der Polizei genauestens untersucht worden war. Dann nämlich mußte UNICUIQUE jetzt im Mittelpunkt der Ermittlungen stehen. Aber im Grunde war er durchaus nicht sicher, daß man den Brief auf die von ihm empfohlene Weise geprüft und nach einer solchen Prüfung, wenn sie überhaupt stattgefunden hatte, die Bedeutung des Indizes erkannt hatte; dabei spielte auch eine gewisse Eitelkeit mit, als wäre es anderen nicht gegeben, in ein so evidentes Geheimnis oder in eine so geheime Evidenz einzudringen; denn dazu bedurfte es wegen des darin enthaltenen Widerspruchs eines freien und wendigen Geistes.

Eitelkeit also bestimmte ihn, den ersten Schritt zu tun, fast ohne daß er es wollte. Als er wie jeden Abend bei dem Zeitungsverkäufer vorbeiging, fragte er nach dem «Osservatore Romano». Der Zeitungsverkäufer war überrascht, denn einerseits stand der Professor in dem nicht ganz verdienten Ruf, ein ausgemachter Antiklerikaler zu sein, zum anderen hatte seit wenigstens zwanzig Jahren kein Mensch mehr nach diesem Blatt gefragt. Das sagte er auch und versetzte den Professor damit in freudige Erregung. «Nach dem ‹Osservatore› hat mich seit wenigstens zwanzig Jahren kein Mensch mehr gefragt. Im Krieg ist er noch ab und zu gelesen worden, damals bezog ich fünf Exemplare. Dann kam der Sekretär der faschistischen Partei und sagte, wenn ich den ‹Osservatore› nicht abbestelle, werde er dafür sorgen, daß man mir die Lizenz für den Zeitungsverkauf entziehe... Nun, Macht geht vor Recht. Was hätten Sie denn getan?»

«Dasselbe wie Sie», antwortete der Professor. Also hatte niemand den Zeitungshändler gefragt, ob er den «Osservatore» verkaufe, aber möglicherweise wußte der Wachtmeister das ohnehin. Jetzt mußte man es nur noch beim Postamt oder beim Briefträger versuchen.

Der Postmeister war ein Schwätzer, der mit jedermann gut Freund war. Es bedurfte keiner großen Anstrengung, um die gewünschte Auskunft von ihm zu erhalten. «Ich schreibe gerade eine Arbeit über Manzoni. Nun wurde ich auf einen Artikel aufmerksam gemacht, der vor zwei oder drei Wochen im ‹Osservatore Romano› erschienen ist. Gibt es jemanden im Ort, der den ‹Osservatore› bezieht?»

Daß der Professor Kritiken schrieb und in Zeitschriften veröffentlichte, war allgemein bekannt. Deshalb gab ihm der Postmeister, ohne lange zu überlegen, die gewünschte Auskunft. Das hätte er nicht oder nur zögernd und mißtrauisch getan, wenn die Polizei schon bei ihm nachgefragt hätte.

«Zwei Exemplare kommen immer, eins für den Dekan, das andere für den Pfarrer von Sant'Anna.»

«Und für die Christlichdemokratische Partei?»

«Für die nicht.»

«Auch für den Parteisekretär nicht?»

«Auch für den nicht. Nur zwei Exemplare kommen, darauf können Sie sich verlassen.» Und da er die Hartnäckigkeit des Professors seiner mangelnden Vertrautheit mit der Geistlichkeit zuschrieb, riet er ihm: «Gehen Sie zum Pfarrer von Sant'Anna. Wenn er die Nummer hat, die Sie suchen, gibt er sie Ihnen ohne weiteres.»

Der Professor folgte diesem Rat sofort. Die Kirche Sant'Anna war nur ein paar Schritt von der Post entfernt, und das Pfarrhaus lag daneben. Im übrigen stand der Professor auf einigermaßen vertrautem Fuß mit dem Pfarrer, einem ungewöhnlich vorurteilslosen Mann, der bei seinen Vorgesetzten schlecht ange-

schrieben und beim Volk sehr beliebt war. (Dabei hatten aber die Vorgesetzten recht.)
Er wurde mit offenen Armen empfangen; aber als er den Grund seines Besuches nannte, gab der Pfarrer seinem Bedauern Ausdruck und sagte, ja, er bekomme den «Osservatore», durch die Macht der Gewohnheit und um nicht aufzufallen, habe er das Abonnement seines Vorgängers im Pfarramt niemals abbestellt; aber lesen, nein ... «Gelesen habe ich ihn nie, nicht einmal aufgeschlagen. So wie ich ihn bekomme, nimmt ihn sich, glaube ich, mein Kaplan mit. Kennen Sie ihn? Den jungen Priester, der nur aus Haut und Knochen besteht und einem nie in die Augen sieht. Ein Dummkopf. Und ein Spion obendrein, deswegen haben sie ihn mir hier hereingesetzt. Der liest den ‹Osservatore› bestimmt, und vielleicht hebt er ihn sogar auf. Wenn Sie wollen, rufe ich ihn an.»
«Dafür wäre ich Ihnen dankbar.»
«Sofort.» Er nahm den Hörer ab und verlangte die Nummer. Kaum war die Verbindung hergestellt, da fragte er barsch: «Hast du den täglichen Bericht für den Dekan schon gemacht?» Dabei blinzelte er dem Professor zu und schwenkte ostentativ den Hörer, aus dem man die Stimme des anderen vernahm, der offenbar verneinte. «Na, ist mir auch ... Ich habe dich gar nicht deswegen angerufen. Hör mal gut zu: Was machst du eigentlich mit den Nummern des ‹Osservatore Romano›, die du mir klaust?» Erneuter Protest, den der Pfarrer kurz abschnitt. «Nein, diesmal mache ich Spaß. Los, sag mir, was du damit tust ... Hebst du sie auf? ... Ausgezeichnet. Warte mal einen Augenblick, ich sage dir gleich, welche Nummern ich brau-

che. Nicht für mich natürlich, sondern für einen Freund, einen Professor... Welche Nummern brauchen Sie?»
«Das weiß ich nicht genau. Ich würde sagen, daß der Artikel, den ich suche, zwischen dem ersten Juli und dem fünfzehnten August erschienen ist.»
«Ausgezeichnet... Hör mal, hast du noch alle Nummern vom ersten Juli bis zum fünfzehnten August?... Da mußt du nachsehen? Tu das und schau auch gleich, ob in einer dieser Nummern etwas über Manzoni steht... Sieh genau nach und ruf mich dann an.» Er legte den Hörer auf und erklärte: «Er sucht selbst nach dem Artikel. Wenn er ihn findet, sage ich ihm, er soll ihn morgen früh herbringen. So ersparen Sie sich seinen widerwärtigen Anblick. Ein ekelhafter Bursche!»
«Wirklich?»
«Um den fortwährend um sich ertragen zu können, braucht man einen guten Magen. Meiner Meinung nach hat er auch geheime Laster. Sie verstehen mich... Zum Spaß schicke ich ihn deshalb dauernd unter die Mädchen. Er leidet, der Unglücksmensch, er leidet. Und rächt sich. Nun, Sie wissen, ich nehme das Leben von der richtigen Seite... Kennen Sie übrigens den Witz von der jungen Pfarrersköchin und der bischöflichen Untersuchung? Nein? Den muß ich Ihnen erzählen. So hören Sie wenigstens mal einen Pfarrerwitz von einem Pfarrer selbst. Also: Dem Bischof kommt zu Ohren, daß es in einem Dorf einen Pfarrer gibt, dessen Köchin nicht nur weit entfernt von dem ist, was Manzoni (lupus in fabula) das kanonische Alter nennt; der Pfarrer nimmt sie auch mit ins Bett. Den Bischof läßt

das natürlich nicht ruhen, er platzt dem Pfarrer ins Haus, sieht die Köchin, die jung und wirklich hübsch ist, dann das Schlafzimmer, in dem ein riesiges Doppelbett steht. Der Bischof erklärt dem Pfarrer, wessen man ihn beschuldigt. Der Pfarrer leugnet nicht. ‹Ja, Exzellenz›, sagt er, ‹es stimmt, sie schläft auf dieser Seite, und ich auf der anderen. Aber wie Sie sehen, sind in der Wand zwischen ihrer und meiner Seite Türangeln angebracht, in die hänge ich jeden Abend, ehe wir zu Bett gehen, dieses große, feste Brett ein, das dick wie eine Wand ist.› Und er zeigt ihm das Brett. Der Bischof, der über soviel Einfalt erstaunt ist, beruhigt sich. Jene mittelalterlichen Heiligen fallen ihm ein, die mit einer Frau ins Bett gingen, aber ein Kreuz oder ein Schwert dazwischenlegten. Er sagt in mildem Ton: ‹Aber, lieber Sohn, gewiß ist das Brett, da gibt es keinen Zweifel, ein guter Schutz. Aber was machst du, wenn dich die Versuchung, die wilde, rasende, teuflische Versuchung überkommt?› – ‹Ach, Exzellenz›, antwortet der Pfarrer, ‹das ist doch ganz einfach, dann nehme ich das Brett weg.›»

Der Pfarrer hatte noch Zeit, ein paar weitere Witze zu erzählen, ehe der Kaplan anrief. Er hatte nachgesehen, er besaß alle Nummern vom ersten Juli bis zum fünfzehnten August, aber einen Artikel über Manzoni hatte er nicht gefunden.

«Das tut mir leid», sagte der Pfarrer, «aber vielleicht hat er nicht richtig nachgeschaut. Ich habe Ihnen ja schon gesagt, daß er ein Dummkopf ist. Wenn Sie sichergehen wollen, müßten Sie sich vielleicht doch selbst zu ihm bemühen und nachsehen. Oder soll ich ihm sagen, daß er mir alle Nummern herbringt?»

«Nein, danke. Das wäre doch zu beschwerlich. Schließlich brauche ich den Artikel nicht unbedingt.»

«Das glaube ich gern, seit Jahrhunderten wird nichts unbedingt Notwendiges mehr geschrieben. Und obendrein Manzoni... Ich bitte Sie, was soll ein Katholik denn heute über Manzoni schreiben? Diesen Schriftsteller kann doch nur ein Freidenker, ein echter Freidenker im ursprünglichen und im üblichen Sinne des Wortes, verstehen und lieben.»

«Aber es gibt Artikel von Katholiken über Manzoni, die höchst aufschlußreich sind.»

«Die kenne ich: Gott, der schlägt und wieder aufrichtet, die Gnade, die Landschaft, Manzoni und Vergil... Wenn man so will, ist die ganze Manzonikritik von Katholiken gemacht worden. Mit ein paar – offen gesagt, nicht besonders intelligenten – Ausnahmen. Aber wenn man sich der Hauptsache, dem eigentlichen Mittelpunkt nähert, wenn man zu dem Thema der verschwiegenen Liebe gelangt... Aber lassen wir das. Ich will Ihnen lieber etwas zeigen, von dem ich weiß, daß Sie viel davon verstehen.» Er ging zu einem Wandschrank, öffnete ihn und nahm eine etwa zwanzig Zentimeter hohe Statuette heraus, einen heiligen Rochus. «Schauen Sie sich das einmal an, diese Bewegung, diese Feinheit. Und wissen Sie, wie ich an den gekommen bin? Einer meiner Kollegen in einem Nachbarort hatte ihn als alten Plunder in den Abstellraum der Sakristei geworfen. Ich habe ihm einen schönen neuen und sehr viel größeren heiligen Rochus aus Papiermaché gekauft. Er hält mich für einen Irren, für einen, der verrückt nach altem Kram ist, und hat sich beinahe Vorwürfe gemacht, daß er bei dem Tausch soviel gewonnen hat.» Der Pfarrer war sehr bekannt als umsichtiger und beutegieriger Kunstkenner, und man wußte, daß er ununterbrochen einträgliche Geschäftsbeziehungen mit einigen Antiquitätenhändlern in Palermo unterhielt. Tatsächlich sagte er, während er die Statuette nach allen Seiten drehte und wendete: «Ich habe sie schon gezeigt. Man hat mir dreihunderttausend Lire dafür geboten, aber einstweilen will ich selbst noch ein bißchen meine Freude daran haben. Es ist immer noch früh genug, daß sie in das Haus eines Diebes von öffentlichen Geldern kommt... Was meinen Sie? Frühes sechzehntes Jahrhundert?»

«Ja, vermutlich.»

«Dieser Meinung ist auch Professor De Renzis, eine Autorität, was die sizilianische Plastik des fünfzehnten und sechzehnten Jahrhunderts angeht. Nur daß seine Meinung» – er prustete vor Lachen – «immer mit der meinen übereinstimmt. Ich bezahle ihn nämlich.»

«Sie glauben doch an gar nichts», sagte der Professor.

«O doch, ich glaube an mancherlei. An mehr vielleicht, als bei den heutigen Zeitläufen gut ist.»

Im Ort ging eine möglicherweise wahre Geschichte um: Als der Pfarrer einmal bei der Messe den Tabernakel öffnen wollte, habe sich der Schlüssel im Schloß verklemmt; und während der Pfarrer ungeduldig daran rüttelte, sei ihm der Satz entschlüpft: «Da sitzt wohl gar der Teufel drin.» Womit er natürlich das Schloß meinte. Jedenfalls konnte es ihm bei kirchlichen Dingen nie rasch genug gehen, und ständig war er in zwielichtigen Geschäften unterwegs.

«Aber entschuldigen Sie, ich verstehe nicht...» begann der Professor.

«Warum ich die Soutane anbehalte? Darauf kann ich Ihnen nur antworten, daß ich sie nicht freiwillig angezogen habe. Aber Sie kennen die Geschichte vielleicht: Ein Onkel von mir, Priester, Pfarrer an ebendieser Kirche, Wucherer und sehr reich, hinterließ mir seine ganze Habe unter der Bedingung, daß sein Erbe Priester werde. Ich war drei Jahre alt, als er starb. Mit zehn, als ich ins Seminar kam, war ich ein heiliger Aloysius, und mit zweiundzwanzig, als ich es verließ, der Satan in Person. Am liebsten hätte ich alles hingeschmissen, aber da war die Erbschaft, da war meine Mutter. Heute mache ich mir nichts mehr aus dem, was ich geerbt habe, und meine Mutter ist tot. Ich könnte also auf und davon gehen.»
«Aber das Konkordat...»
«Mich würde das Konkordat wegen des Testamentes meines Onkels nicht treffen. Ich bin unter Zwang Priester geworden, darum würden sie mich laufenlassen, ohne meine bürgerlichen Rechte zu schmälern... Aber die Sache ist die, daß mir inzwischen die Soutane bequem geworden ist. Und meine Bequemlichkeit und mein Zynismus halten einander so vollkommen die Waage, daß mir eine Lebensfülle zuteil wird...»
«Besteht denn nicht die Gefahr, daß Sie irgendwann einmal Schwierigkeiten bekommen?»
«Nein, gewiß nicht. Wenn jemand wagt, Hand an mich zu legen, dann entfessele ich einen Skandal, daß selbst die Korrespondenten der ‹Prawda› für wenigstens einen Monat hier ihre Zelte aufschlagen. Aber was sage ich, einen Skandal? Eine ganze Reihe, ein Feuerwerk von Skandalen...»
Diese muntere Unterhaltung war der Grund dafür, daß

Professor Laurana das Pfarrhaus erst gegen Mitternacht verließ, und zwar erfüllt von Sympathie für den Pfarrer von Sant' Anna. Aber in Sizilien und vielleicht in ganz Italien, dachte er, gibt es eine ganze Menge sympathischer Leute, die man einen Kopf kürzer machen müßte.

Was das UNICUIQUE anging, so hatte er festgestellt, daß es nicht aus der Zeitung stammen konnte, die in das Pfarrhaus von Sant' Anna kam. Und das war immerhin etwas.

IV

Da die drei Tage tiefster Trauer bereits vorüber waren, hielt Laurana es nicht für taktlos, zu dem Dekan Rosello zu gehen und ihn zu bitten, ihm jene Nummer des «Osservatore Romano» zu leihen, die zwischen dem ersten Juli und dem fünfzehnten August erschienen war und einen für seine Arbeit benötigten Artikel über Manzoni enthielt. Der Dekan war ein Onkel der Frau des Dr. Roscio und hing sehr an ihr, denn bis zu ihrer Heirat hatte sie in seinem Haus gelebt. Dieses Haus des Dekans war ein vornehmes Haus und wurde aus den Einkünften eines großen, ungeteilten Besitztums unterhalten. Zwanzig Jahre zuvor, als zwei verheiratete Brüder mit ihren Familien darin lebten, bildeten die zwölf Bewohner eine verschworene Gemeinschaft, und dazu kam der Dekan, der nicht nur ihr geistliches Oberhaupt war. Später hatten neun Personen das Haus durch Heirat und Tod verlassen, und nur vier waren

übriggeblieben: der Dekan, seine beiden Schwägerinnen und ein bisher unverehelichter Neffe, der Rechtsanwalt Rosello.
Der Dekan war in der Sakristei und zog gerade das Meßgewand aus. Er empfing den Professor so freundlich, als hätte der Himmel ihn gesandt. Nach zehn Minuten förmlicher Konversation kamen sie auf die entsetzliche Bluttat zu sprechen, auf das anpassungsfähige, vornehme Wesen Roscios und auf den Schmerz seiner untröstlichen Witwe.
«Ein furchtbares Verbrechen, und obendrein dermaßen in Dunkel und Geheimnis gehüllt», sagte der Professor.
«Nicht so sehr», erwiderte der Dekan, machte eine Pause und fuhr fort: «Sehen Sie, der da» – damit meinte er den armen Apotheker – «hatte seine Affären. Gewiß, man hat nie etwas davon erfahren. Aber es steht fest, daß er erst gewarnt und dann umgebracht worden ist. Das ist das typische Vorgehen bei Blutrache. Und mein armer Neffe war der Leidtragende dabei.»
«Glauben Sie?»
«Was soll man denn sonst davon halten? Geschäftliche Differenzen hat der da, soweit man feststellen konnte, doch nicht gehabt. Also kann man nur an eine Liebesaffäre denken. Einem Vater, einem Bruder oder einem Verlobten wird die Sache eines Tages zu bunt, und er macht kurzen Prozeß, und zwar so blindwütig, daß er nicht einmal sieht, wie auch ein Unschuldiger ihm zum Opfer fällt.»
«Das ist möglich, aber nicht gewiß.»
«Gewiß? Aber, lieber Laurana, Gewißheit gibt es nur

über Gott. Und über den Tod. Natürlich sind wir nicht sicher, aber Anhaltspunkte, die uns der Gewißheit nahe bringen, sind vorhanden. Erstens: Der Brief kündigt dem Apotheker an, daß er eine Schuld mit dem Tode büßen müsse; er sagt nicht, was für eine Schuld es ist, aber der Schreiber hat entweder damit gerechnet, daß die Erinnerung an diese vielleicht weit zurückliegende Schuld in dem Schuldigen sofort wiederaufleben würde, und dann ist es eine schwere, unvergeßliche Schuld, oder er hat gewußt, daß es sich um etwas jüngst Geschehenes handelte, um etwas, was sozusagen noch im Gange war. Zweitens: Wie Sie ja wissen, denn man hat mir erzählt, daß Sie dabei waren, wollte der Apotheker nicht Anzeige erstatten. Er mußte also zumindest den Verdacht haben, daß sich aus einer Anzeige etwas Ehrenrühriges für ihn ergeben könnte. Zumindest den Verdacht. Drittens: Das Familienleben im Haus des Apothekers scheint nicht sehr harmonisch gewesen zu sein.»

«Ich weiß nicht... Aber einige Einwände hätte ich doch. Erstens: Der Apotheker erhält eine klare, unumwundene Drohung. Und was tut er? Eine Woche später gibt er seinem Feind die beste Gelegenheit, diese Drohung in die Tat umzusetzen: Er geht auf die Jagd. In Wahrheit also hat er die Drohung für einen Scherz gehalten. Deshalb kann von Schuld oder Schuldgefühl nicht die Rede sein, weder von einer weit zurückliegenden noch von einer gegenwärtigen Schuld. Oder muß man vielmehr angesichts der Tatsache, daß die Drohung auf so entsetzliche Weise wahr gemacht worden ist, an eine noch viel weiter zurückliegende Schuld denken, an ein Verbrechen vor so langer Zeit, daß die späte Rache unglaubwürdig scheint? Oder handelt es sich um eine Schuld, die er unwissentlich auf sich geladen hat, eine Geste, ein Wort, irgend etwas, was man nicht beachtet, was aber ein krankes, erbittertes Gemüt tief verletzt? Zweitens: Niemand, der den Brief gesehen hat, glaubte, daß man ihn ernst nehmen müsse. Niemand. Und das in einem kleinen Ort, in dem den Leuten ein noch so heimliches Verhältnis, ein noch so verborgenes Laster kaum entgeht ... Und daß Manno nicht Anzeige erstatten wollte, ist zwar richtig, aber das folgte doch nur daraus, daß er und seine Freunde den Brief für einen Scherz hielten.»

«Mag sein, daß Sie recht haben», sagte der Dekan, aber es war ihm an den Augen abzulesen, daß er bei seiner vorgefaßten Meinung blieb. «Mein Gott», flehte er dann, «laß Dein Licht leuchten und entdecke uns die Wahrheit, nicht um der Rache, sondern um der Gerechtigkeit willen.»

«Darauf wollen wir hoffen», sagte der Professor, und es klang wie ein Amen. Dann sagte er, weshalb er sich erlaubt habe zu stören.

«Den ‹Osservatore Romano›», sagte der Dekan wohlgefällig, hocherfreut, daß ein Ungläubiger seiner bedurfte. «Ja, den bekomme und lese ich. Aber aufheben? Aufgehoben werden bei mir die Zeitschriften ‹Civiltà cattolica› und ‹Vita e pensiero›, aber Zeitungen – nein. Der Küster holt die Post und bringt sie mir her, und ich nehme die Privatbriefe und die Zeitungen mit nach Hause. Wenn ich sie gelesen habe, werden sie, um es einmal so auszudrücken, ein Bestandteil des Haushalts. Der ‹Osservatore Romano›, ‹Il popolo›, sehen Sie» – er zog den «Osservatore Romano» aus

dem Poststapel hervor –, «den nehme ich jetzt mit nach Hause, gleich nach Tisch lese ich ihn, und heute abend, das ist sicher, benutzen ihn meine Schwägerinnen oder das Mädchen, um etwas einzuwickeln oder Feuer damit zu machen. Natürlich nur, wenn er nicht eine Enzyklika, eine Ansprache oder ein Dekret Seiner Heiligkeit enthält.»
«Selbstverständlich.»
«Wenn Sie diese Nummer von vorgestern brauchen können» – er reichte sie ihm zusammengefaltet, wie sie noch war –, «mir genügt es, wenn ich sie hier nur überfliege ... Ich bin nämlich auch mit dem Zeitungslesen in Verzug, die letzte Woche war für mich die Hölle.»
Laurana faltete die Zeitung auf und betrachtete den Kopf. Da stand UNICUIQUE, genau so, wie es sich auf der Rückseite des Briefes abgezeichnet hatte, UNICUIQUE SUUM, jedem das Seine. In schönen Druckbuchstaben, das Q mit einer eleganten Schleife. Dann die gekreuzten Schlüssel und die Tiara und in den gleichen Typen NON PRAEVALEBUNT. Jedem das Seine, auch dem Apotheker Manno und dem Dr. Roscio. Welches Wort stand wohl auf der Rückseite des UNICUIQUE, von derselben Hand ausgeschnitten und auf das Briefblatt geklebt, die später zwei Leben ausgelöscht hatte? Das Wort Todesurteil? Das Wort Tod? Schade, daß er keinen Blick mehr auf den Brief werfen konnte, der jetzt zu den geheimen Gerichtsakten gehörte.
«Machen Sie bitte keine Umstände», sagte der Dekan, «wenn Sie diese Nummer brauchen können, dann nehmen Sie sie mit.»

«Wie? Ja, danke. Nein, damit kann ich nichts anfangen.» Er legte die Zeitung auf den Tisch und stand auf. Er war verwirrt und konnte plötzlich den Geruch von altem Holz, verwelkten Blumen und Wachs, den die Sakristei ausströmte, nicht länger ertragen. «Ich bin Ihnen so dankbar», sagte er und reichte dem Dekan die Hand, die dieser mit der Liebe, die man den Irrenden schuldet, zwischen seine Hände nahm. Und tatsächlich verabschiedete er sich mit den Worten: «Auf Wiedersehen, denn ich hoffe, Sie besuchen mich bald wieder.»
«Sehr gern», antwortete Laurana.
Er verließ die Sakristei und ging durch die leere Kirche. Die Piazza war völlig schattenlos. Als er sie überquerte, dachte er, wie gut es sich im Vergleich damit in Kirche und Sakristei lebte. Und dieser Gedanke verwandelte sich beim Weitergehen in ein ironisch verzeichnetes Bild des Dekans und des Pfarrers von Sant' Anna. Ja, die ließen es sich gutgehen, jeder auf seine, vielleicht sogar, wenn man den Leuten glauben durfte, auf ganz ähnliche Weise, und verschieden war nur das Äußerliche. Er schweifte ab. Eine subtile, unbewußte Selbstgefälligkeit veranlaßte ihn, nicht an seine Enttäuschung, seine Niederlage zu denken. Es war doch so: Selbst wenn es festzustellen gelang, aus welcher Nummer des «Osservatore» das UNICUIQUE in dem Brief ausgeschnitten worden war, blieb es unmöglich zu erfahren, wohin diese Zeitung aus dem Haus des Dekans schließlich geraten war. Denn daran, daß der Dekan, seine Schwägerinnen, sein Neffe oder das Dienstmädchen etwas mit der Sache zu tun hatten, war ja gar nicht zu denken. Was in diesem Haus mit der Zeitung geschah, nachdem der Dekan sie überflogen hatte, machte es höchst unwahrscheinlich,

daß sie Leser fand, die sie wie der Kaplan von Sant' Anna sammelten. Sicherlich war die Nummer als Einwickelpapier bei dem Urheber des Briefes (und der Verbrechen) gelandet. Ganz abgesehen davon, daß die Zeitung in der Kreisstadt am Kiosk verkauft wurde und jedermann sie dort zufällig oder in einer bestimmten Absicht erwerben konnte.

Alles in allem hatte die Polizei gut daran getan, nicht auf das UNICUIQUE zu achten. Erfahrung war doch etwas wert. Es war verlorene Zeit, in einem Heuhaufen nach einer Nadel zu suchen, zumal wenn man wußte, daß diese Nadel kein Öhr hatte, durch das man die Ergebnisse der Ermittlungen fädeln konnte. Er dagegen hatte sich von diesem Detail blenden lassen. Eine Zeitung, die nur zwei Abonnenten im ganzen Dorf hatte: ein aufschlußreiches Indiz, das den Ermittlungen den rechten Weg wies. Statt dessen hatte es ihn in eine Sackgasse geführt.

Und doch war es nicht so, daß die Polizei, die sich auf den Zigarrenstummel gestürzt hatte, auf eine bessere Karte setzte. Marke «Branca», das hatte man festgestellt. Im Ort rauchte lediglich der Gemeindesekretär diese Sorte, und er war nicht nur über jeden Verdacht erhaben, er kam auch vom Festland und wohnte erst knapp sechs Monate im Ort. Die «Branca» taugt nicht mehr als der «Osservatore», dachte Laurana, aber laß die Polizei nur hinter dieser Zigarre her sein und begrabe du die Sache mit dem «Osservatore». Doch zu Hause notierte er auf einem Zettel, während seine Mutter den Tisch für das Essen deckte: Der den Brief zusammengesetzt und dazu Wörter aus dem «Osservatore» geschnitten hat,

a) war so umsichtig, die Zeitung in der Kreisstadt zu kaufen, um dadurch den Lauf der Ermittlungen zu verwirren,
b) hatte zufällig diese Zeitung zur Hand und machte sich nicht einmal klar, um welche Zeitung es sich dabei handelte,
c) war durch seine Umgebung so an diese Zeitung gewöhnt, daß er sie als eine unter anderen betrachtete und nicht an ihre typographischen Besonderheiten und ihre fast auf einen einzigen Berufskreis beschränkte Verbreitung dachte.
Er legte die Feder nieder und las die Notiz noch einmal durch. Dann zerriß er den Zettel in winzige Stücke.

V

Paolo Laurana, Lehrer für Geschichte und Italienisch am humanistischen Gymnasium der Kreisstadt, galt bei seinen Schülern als wunderlich, aber tüchtig, und bei den Vätern der Schüler als tüchtig, aber wunderlich. Das Wort wunderlich bedeutete dabei im Munde der Söhne wie der Väter etwas Absonderliches, das nicht bis zur Eigenbrötelei ging, etwas Undurchsichtiges, Schwerfälliges, beinahe Gehemmtes. Jedenfalls erleichterte diese Absonderlichkeit den Schülern, seine Tüchtigkeit zu ertragen, während sie ihre Väter hinderte, den richtigen Zugang zu ihm zu finden, um ihn beileibe nicht zu Milde, wohl aber zu Gerechtigkeit zu veranlassen – denn es bedarf kaum der Erwähnung, daß es Schüler, die zu Recht sitzenbleiben, heutzutage nicht mehr gibt. Er war freundlich bis zur Schüchternheit, ja mitunter begann er zu stammeln. Empfehlungen schien er seine ganze Aufmerksamkeit zu schenken. Aber man wußte längst, daß sich hinter dieser Freundlichkeit eiserne Entschlossenheit und ein unerschütterliches Urteil verbargen und daß Empfehlungen bei ihm zum einen Ohr hinein- und zum anderen hinausgingen.

Während des ganzen Schuljahrs war sein Leben ein Hin und Her zwischen Kreisstadt und Dorf. Er fuhr mit dem Autobus um sieben ab und kam mit dem um zwei zurück. Nachmittags widmete er sich der Lektüre und dem Studium; den Abend verbrachte er im Klub oder in der Apotheke; gegen acht Uhr ging er nach Hause. Selbst im Sommer gab er keinen Privatunterricht, sondern zog es gerade in dieser Jahreszeit vor, sich mit literaturkritischen Arbeiten zu befassen und sie in Zeitschriften zu veröffentlichen, die im Ort niemand las.

Ein anständiger, peinlich genauer, melancholischer Mann; nicht besonders intelligent, ja gelegentlich ausgesprochen begriffsstutzig; seine Unausgeglichenheit und Empfindlichkeit waren bekannt und wurden allgemein getadelt; dabei war er nicht frei von Selbstbewußtsein, heimlicher Selbstüberschätzung und Eitelkeit, denn in seinem Schulmilieu unterschied er sich durch Kenntnisse und Bildung von den Kollegen und spürte das auch, und darum war er, um es einmal so zu nennen, als kultivierter Mensch in einer völlig isolierten Stellung. In politischer Hinsicht galt er allenthalben als Kommunist, aber das war er nicht. In seinem Privatleben betrachtete man ihn als Opfer der eifersüchtigen Liebe seiner Mutter, und das war er auch, denn noch mit vierzig Jahren träumte er von Liebesabenteuern mit Schülerinnen und Kolleginnen, die das kaum oder gar nicht bemerkten. Und wagte eine von ihnen, seine verliebten Blicke zu erwidern, so erkaltete er sofort, weil er an seine Mutter dachte und daran, was sie zu seiner Wahl sagen würde. Der Gedanke, daß beide Frauen im selben Haushalt leben müßten oder daß eine von beiden das ablehnen könnte, ließ seine flüchtige Leidenschaft jedesmal rasch abkühlen, und mit einem Gefühl der Erleichterung und Befreiung, als hätte er eine traurige Erfahrung gemacht, löste er sich von dem jeweiligen Gegenstand seiner Leidenschaft. Eine Frau nach dem Herzen seiner Mutter hätte er vielleicht blindlings geheiratet; aber seine Mutter war der Meinung, er sei noch so naiv und ahnungslos, könne sich der Bosheit dieser Welt noch so wenig erwehren, daß er nicht reif sei, einen derart gefährlichen Schritt zu wagen.

Wegen dieses Charakters und seiner Lebensumstände hatte er keine Freunde. Viele Bekannte, aber keine Freunde. Mit Dr. Roscio zum Beispiel hatte er das Gymnasium besucht, aber man hätte nicht sagen können, daß sie Freunde waren, als sie sich dann nach den Studienjahren im Heimatort wieder begegneten. Sie trafen sich im Klub und in der Apotheke, plauderten und erinnerten einander an Anekdoten und Personen aus der Schulzeit. Gelegentlich veranlaßte den Lehrer eine Depression oder eine Störung im Befinden seiner Mutter, den Arzt zu rufen. Roscio kam, untersuchte die alte Dame, verordnete etwas. Dann blieb er noch zu einem Kaffee, erinnerte sich an diesen Lehrer oder jenen Mitschüler, von dem er nichts mehr gehört hatte – wer weiß, wo der jetzt steckte und was er machte. Diese Besuche wurden niemals bezahlt; aber jedes Jahr schickte Laurana dem Doktor zu Weihnachten ein schönes Buch, denn der Arzt gehörte zu den Leuten, die dann und wann ein Buch lasen. Herzlich aber wurde diese Beziehung nie, zwischen ihnen gab es nichts als gemeinsame Erinnerungen und die Möglichkeit, einigermaßen sachgemäß über literarische und politische Themen zu sprechen, ohne daß eine Mißstimmung aufkam. Das war mit anderen Leuten im Ort nicht möglich, denn fast alle waren Faschisten, auch jene, die sich für Sozialisten oder Kommunisten hielten. Deshalb hatte Roscios Ende ihn tief getroffen, er empfand Leere und Traurigkeit, besonders nachdem er den Toten gesehen hatte. Der Tod hatte Roscios Gesicht mit einer schwefelgelben Blässe überzogen, und diese Schwefelmaske erstarrte nun allmählich in der Luft, die schwer war vom Duft der Kerzen und der welkenden Blumen und vom Schweißgeruch. Roscio schien nach und nach zu versteinern. Unter der Maske ahnte man das entsetzte Erstaunen des Toten und sein ängstliches Bemühen, diese Kruste zu durchbrechen. Dem Apotheker hingegen hatte der Tod jene Würde und Gedankenstrenge verliehen, die zu Lebzeiten niemand an ihm gekannt hatte. So hat auch der Tod seine ironischen Seiten.

Diese Einzelheiten – das Hinscheiden eines Menschen, mit dem er mehr durch Gewohnheit als durch Freundschaft verbunden war; die Tatsache, daß er dem Tod zum erstenmal in seiner schrecklichen Sachlichkeit begegnet war, wenn er auch schon früher andere Tote und den Tod in anderer Gestalt gesehen hatte; die geschlossene Tür der Apotheke, die ein schwarzer Trauerstreifen für immer versiegelt zu haben schien –, all diese Einzelheiten hatten Laurana in eine fast verzweifelte, von Anwandlungen der Angst jäh unterbrochene Stimmung versetzt, die sich durch ein rascheres oder stockendes Pochen seines Herzens auch körperlich bemerkbar machte. Unabhängig von diesem Gemütszustand aber war – zumindest glaubte er es – seine Neugierde hinsichtlich der Gründe und der Art des Verbrechens. Denn diese Neugierde war rein intellektuell und von einer Art Ehrgeiz beflügelt. Laurana war also ungefähr in der Lage eines Menschen, der in einem Salon oder in einem Klub eine von jenen Denksportaufgaben hört, wie sie von Dummköpfen immer gern gestellt und, noch schlimmer, beantwortet werden, und der weiß, daß das ein törichtes Spiel und verlorene Zeit ist, von törichten Leuten veranstaltet, die Zeit zu vergeuden haben, und der doch nicht umhinkann, sich an der Lösung dieser Aufgaben zu versuchen, und dann davon nicht loskommt. Tatsächlich dachte er nicht im entferntesten daran, daß die Lösung des Problems dazu führen mußte, die Schuldigen, wie man so sagt, ihrem Richter und damit der Gerechtigkeit zu überantworten. Er war ein zivilisierter Mensch, einigermaßen intelligent, mit aufrichtigen Gefühlen, und er respektierte das Gesetz; aber wenn ihm bewußt geworden wäre, daß er die Aufgabe der Polizei übernahm oder ihr jedenfalls Konkurrenz machte, dann hätte er einen solchen Abscheu empfunden, daß er die Hände von der Sache gelassen hätte.

Statt dessen spielte dieser bedachtsame, schüchterne

und vielleicht durchaus nicht mutige Mann seine gefährliche Karte aus, und zwar abends im Klub, als dort alle versammelt waren. Wie jeden Abend wurde über das Verbrechen gesprochen. Und Laurana, der sonst dazu schwieg, sagte: «Der Brief ist aus Wörtern zusammengesetzt, die aus dem ‹Osservatore Romano› ausgeschnitten worden sind.»
Das Gespräch verstummte, ein erstauntes Schweigen trat ein.
«Sieh mal einer an», sagte schließlich Don Luigi Corvaia, und seine Verwunderung galt weniger dieser Eröffnung als der Einfalt dessen, der sich durch sie zur Zielscheibe beider Parteien, der Polizei und der Mörder, machte. So etwas hatte man noch nie erlebt.
«Tatsächlich?» fragte Rechtsanwalt Rosello, der Vetter von Roscios Frau. «Aber, entschuldige, woher weißt du das denn?»
«Ich habe es bemerkt, als der Wachtmeister dem Apotheker die Anzeige diktierte; Sie erinnern sich wohl, daß ich zusammen mit ihnen in die Apotheke gegangen bin.»
«Und haben Sie den Wachtmeister darauf aufmerksam gemacht?» fragte Pecorilla.
«Ja, ich habe ihm gesagt, er solle den Brief genau prüfen ... Er hat geantwortet, das werde er tun.»
«Und ob die das getan haben», sagte Don Luigi erleichtert und zugleich enttäuscht, daß die Enthüllung für Laurana doch nicht so gefährlich war.
«Sonderbar, daß der Wachtmeister mir nichts davon gesagt hat», meinte Rosello.
«Vielleicht hat das Indiz nicht weitergeführt», sagte der Postmeister und wandte sich mit strahlendem Ge-

sicht an Laurana: «Dann haben Sie mich also deswegen gefragt?»
«Nein», erwiderte Laurana kurz. Inzwischen hatte sich der pensionierte Oberst Salvaggio, der immer dazwischenfuhr, sobald auch nur die leisesten Anspielungen, Zweifel oder Kritiken bezüglich des Heeres, der Carabinieri oder der Polizei laut wurden, feierlich erhoben, schritt auf Rosello zu und sagte: «Wollen Sie mir bitte erklären, warum der Wachtmeister Ihnen etwas über dieses oder andere Indizien hätte sagen sollen?»
«Weil ich ein Angehöriger von einem der Opfer bin, du lieber Himmel!» antwortete Rosello eilends.
«Ach so», sagte der Oberst befriedigt. Er hatte geglaubt, Rosello verlange auf Grund seiner politischen Stellung, daß der Wachtmeister ihm Bericht erstatte. Dann aber ging er, doch noch nicht völlig befriedigt, noch einmal zum Angriff über. «Ich muß Sie allerdings darauf aufmerksam machen, daß der Wachtmeister auch einem Angehörigen der Opfer nicht mitteilen darf, was ihm im Laufe der Ermittlungen bekannt wird. Er kann und darf das nicht tun. Und wenn er es doch tut, so begeht er einen schweren, ich sage schweren, Verstoß gegen seine Pflicht...»
«Das weiß ich», unterbrach ihn Rosello, «das weiß ich. Aber nur so aus Freundschaft...»
«Das Carabinieri-Korps hat keine Freunde», schrie der Oberst beinahe.
«Aber die Wachtmeister doch», platzte Rosello heraus.
«Die Wachtmeister sind das Carabinieri-Korps, die Obersten sind das Carabinieri-Korps, die Gefreiten sind das Carabinieri-Korps...» Der Oberst schien seiner Sinne nicht mehr mächtig, der Kopf begann ihm

zu zittern, womit sich eine der Krisen, die die Klubmitglieder nur zu gut kannten, anzukündigen pflegte. Rosello stand auf und machte Laurana ein Zeichen, daß er mit ihm zu reden habe. Gemeinsam gingen sie hinaus.
«Alter Narr», sagte er, kaum daß sie draußen waren. «Und was ist das für eine Geschichte mit dem ‹Osservatore Romano›?»

VI

Nach Lauranas Eröffnung im Klub war nichts geschehen. Nicht daß er etwas erwartet hätte, er hatte nur sehen wollen, wie sie auf jeden der Anwesenden wirkte, aber die Einmischung des Obersten hatte alles vereitelt. Er hatte nur erreicht, daß Rosello ihm einiges über den Gang der Ermittlungen anvertraute. Wenn Oberst Salvaggio das gehört hätte, dann hätte es ihm den Atem verschlagen. Im Grunde aber besagte all das herzlich wenig: immer die gleichen Vermutungen über ein geheimes Liebesleben des Apothekers.
Aber auch so hatte Laurana das Gefühl, daß er bei den Klubmitgliedern und vor allem bei den gewohnheitsmäßigen Besuchern der Apotheke noch etwas erfahren könnte. Eine bestimmte Tatsache schien darauf hinzuweisen: Es war üblich, daß die Jäger die Stelle geheimhielten, die sie am Tag der Eröffnung der Jagdsaison aufzusuchen beabsichtigten, um dort als erste einzutreffen und unberührte Jagdgründe vorzufinden. So wollte es der Brauch im Ort. Das Geheimnis wurde

von allen Teilnehmern an dieser Jagd streng gehütet, in diesem Fall also von Manno und Roscio. Nur selten erfuhr es ein Dritter, und auch dieser nur unter dem Siegel tiefster Verschwiegenheit. Es kam sogar häufig vor, daß bewußt falsche Auskünfte gegeben wurden. Selbst wer von Manno oder Roscio ins Vertrauen gezogen worden wäre, hätte also nicht sicher sein können, daß er nicht wie üblich einen falschen Hinweis erhielt. Es sei denn, es hätte sich um einen Freund, einen sehr guten Freund gehandelt, der zudem nicht Jäger war. Einem ernsthaften, verläßlichen, erprobten und nicht von der Jagdleidenschaft angekränkelten Freund hätte einer der beiden vermutlich gesagt, wohin sie am Eröffnungstag gehen würden.
Als Laurana seine Mutter zu Besuchen bei der Apothekers- und der Arztwitwe begleitete, hatte er Gelegenheit zu einer kleinen Kontrolle. Er stellte beiden Frauen die gleiche Frage: «Hat Ihr Mann Ihnen gesagt, in welche Gegend sie am Eröffnungstag gehen wollten?»
«Im letzten Augenblick vor dem Aufbruch sagte mein Mann, sie wollten vielleicht in die Gegend von Cannatello gehen», antwortete die Witwe Manno, und Laurana fiel dabei das Wort «vielleicht» auf, das ihm von dem Widerstreben des Apothekers zu zeugen schien, selbst vor seiner Frau, und sei es im Augenblick des Aufbruchs, das Geheimnis zu lüften.
«Hatte er Ihnen etwas von dem Brief gesagt?»
«Nein, davon hatte er mir nichts gesagt.»
«Er wollte wohl nicht, daß Sie sich Sorgen machten.»
«Gewiß», antwortete die Witwe hart und ein wenig ironisch.

«Und im übrigen hielt er es ja für einen Scherz, wie wir alle.»
«Für einen Scherz», seufzte die Witwe, «und dieser Scherz hat ihn das Leben gekostet und mich mein Ansehen.»
«Ihn hat er das Leben gekostet, ja, leider ... Aber Sie, ich bitte Sie, was haben Sie denn damit zu tun?»
«Was ich damit zu tun habe? Haben Sie denn das schamlose Gerücht nicht gehört, das überall umgeht?»
«Dummes Geschwätz», sagte die alte Frau Laurana, «auf das kein Mensch hereinfällt, der Herz und Verstand hat.» Aber da sie selbst nicht mit besonders viel Herz und Verstand ausgestattet war, fuhr sie fort: «Hat Ihnen denn Ihr seliger Mann nie Anlaß zu einem Verdacht gegeben?»
«Nein, niemals ... Meinem Dienstmädchen haben sie die Geschichte von einer Eifersuchtsszene in den Mund gelegt, die ich meinem Mann wegen eines Mädchens gemacht haben soll. Sie wissen ja, wegen dieses armen Mädchens, das seine dringlichen Gründe hatte, in die Apotheke zu kommen. Und wenn Sie wüßten, wie dumm mein Dienstmädchen ist, wie unwissend. Die zittert schon am ganzen Leibe, wenn nur von den Carabinieri die Rede ist. Die haben sie dazu gebracht, das zu sagen, was sie hören wollten. Und die Roscios und die Rosellos ... Ja, auch der Dekan, dieser heiligmäßige Mann ... Alle miteinander haben sie sofort behauptet, die Laster meines Mannes hätten den Doktor, Friede seiner Seele, das Leben gekostet. Als ob wir uns hier nicht alle kennen, als wüßte man hier nicht von jedem, wer er ist und was er treibt. Ob er spekuliert, ob er stiehlt, ob er ...» Sie legte sich die Hand auf

den Mund, um Schlimmeres zurückzuhalten. Dann sagte sie seufzend und bewußt boshaft: «Der arme Doktor Roscio, eine schöne Familie, in die er hineingeheiratet hat.»

«Das kann ich nicht finden...» begann Laurana.

«Wir kennen uns hier alle, glauben Sie mir», unterbrach ihn die Witwe Manno. «Sie sind bekanntlich ein Mann, der sich nur um seine Wissenschaft, um seine Bücher kümmert», sagte sie fast verächtlich. «Sie haben keine Zeit, sich mit gewissen Dingen zu befassen, gewisse Dinge zu sehen, aber wir», wandte sie sich an die alte Frau Laurana, «wir wissen...»

«Ja, wir wissen», bestätigte die Alte.

«Und im übrigen bin ich mit Luisa, Roscios Frau, zusammen im Pensionat gewesen. Eine tolle Nummer!»

Diese tolle Nummer, auf deren Kosten die Witwe Manno Erinnerungen an kleine Pensionatsbosheiten und den Schatten einer von ihr verehrten Nonne beschworen hatte, saß jetzt im gedämpften Licht hinter schweren Vorhängen, wie sie einem Trauerhaus wohl anstehen, dem Professor Laurana gegenüber. Allenthalben bemerkte man die Zeichen tiefer Trauer, selbst die Spiegel waren schwarz verhängt. Ausdruck allertiefster Trauer aber war Roscios Bild, das von einem Fotografen in der Kreisstadt auf Lebensgröße gebracht worden war. Makaber retuschiert, in schwarzem Anzug und mit schwarzer Krawatte – denn es gehörte zu den sozialen und ästhetischen Überzeugungen dieses Fotografen, daß alle Toten, deren Bilder er vergrößerte, anläßlich ihres eigenen Todes verpflichtet waren, Trauerkleider zu tragen –, tiefe Kummerfalten um den

Mund und mit müdem, flehendem Blick, sah der Doktor auf diesem Bild im Schein der Lampe, die vor ihm stand, wie ein Schmierenschauspieler aus, der für eine Gespensterrolle geschminkt ist.
«Nein, das sagte er mir nie», hatte Luisa Roscio auf die Frage geantwortet, ob sie gewußt habe, wohin ihr Mann zur Jagd gegangen sei. «Denn, um ehrlich zu sein, ich sah seine Leidenschaft für die Jagd nicht gern; ich mochte auch den Begleiter nicht, den er sich ausgesucht hatte. Nicht daß ich etwas gewußt hätte, du lieber Himmel, nein. Es war vielleicht nur eine Vorahnung, ein ganz allgemeiner Eindruck ... Und die schlimme Wendung, die alles dann nahm, hat mir leider nur zu recht gegeben.» Und mit einem kummervollen Seufzer, der fast ein Wimmern war, drückte sie ihr Taschentuch auf die Augen.
«Das war eben Schicksal. Und was kann man gegen das Schicksal machen?» tröstete die alte Frau Laurana.
«Ach ja, das Schicksal ... Aber was wollen Sie? Wenn ich daran denke, wie friedlich, wie glücklich wir waren, ohne alle Sorgen, ohne auch nur einen Schatten – der Herr mag mir vergeben, aber dann bin ich verzweifelt, so verzweifelt.» Sie senkte den Kopf und schluchzte verhalten.
«Nein, nein, nein», tadelte die Alte sanft, «nur keine Verzweiflung. Sie müssen sich in Gottes Willen fügen, Gott Ihr Leid aufopfern.»
«Dem Herzen Jesu, das sagt auch der Onkel Dekan ... Sehen Sie nur, was für ein schönes Herz-Jesu-Bild er mir geschenkt hat.» Sie zeigte auf das Bild, das hinter der Alten hing. Die Alte drehte sich um und rückte ihren Stuhl zur Seite, als hätte sie bisher etwas Ungehö-

riges getan. Sie warf dem Bild eine Kußhand zu und sagte: «Heiligstes Herz Jesu», als begrüße sie es. Und dann: «Schön, wirklich wunderschön. Und dieser Blick...»

«Ein tröstlicher Blick», stimmte Frau Luisa zu.

«Sehen Sie, es fehlt Ihnen nicht an den Tröstungen des Herrn», sagte die Alte im Ton milden Triumphes, «und es wird Ihnen auch nicht an anderen Arten des Trostes und der Hoffnung fehlen. Sie haben doch das Kind. Sie müssen immer an das Kind denken.»

«Ja, ich denke an das Kind. Wenn ich nicht an das Kind dächte, glauben Sie mir, ich wüßte nicht, welcher Wahnsinnstat ich fähig wäre.»

«Hat das Kind es denn erfahren?» fragte die Alte zögernd.

«Nein, das arme Seelchen weiß noch nichts. Wir haben der Kleinen gesagt, der Papa sei verreist und komme bald wieder.»

«Aber wenn sie sieht, daß Sie Schwarz tragen, fragt sie dann nicht nach dem Grund, will sie nichts wissen?»

«Nein. Sie hat mir sogar gesagt, daß ich in Schwarz schöner bin als bisher und daß ich jetzt immer Schwarz tragen soll.»

Mit der Rechten drückte sie das weiße, schwarzgeränderte Taschentuch auf den Mund und schluchzte beinahe herzzerbrechend, und zugleich zog sie mit der Linken den Saum ihres Rockes herunter, der unter Lauranas Augen sofort wieder über die Knie hinaufrutschte. «Und so wird es auch für immer sein. Schwarz für immer und ewig...»

Das Kind hat recht, dachte Laurana. Eine schöne Frau, und das Schwarz kleidet sie prächtig. Ein schöner

Körper: voll, schlank, selbst in den Augenblicken größter Erstarrung von einer gewissen Entspanntheit, Lässigkeit, Hingabe. Und ein volles Gesicht, aber nicht so wie bei einer Frau, die das dritte Lebensjahrzehnt vollendet hat. Mit den strahlenden braunen, fast goldenen Augen und den blitzenden Zähnen zwischen schwellenden Lippen wirkt es eher wie das eines jungen Mädchens. Ich würde sie gern lächeln sehen. Aber er wagte nicht zu hoffen, daß ein solches Wunder bei diesem Anlaß und bei den Reden, die seine Mutter führte, geschehen könnte. Dennoch geschah es, und zwar, als man auf den Apotheker und auf die Zerstreuungen zu sprechen kam, die ihm inzwischen jedermann andichtete. «Ich will nicht sagen, daß er keine Gründe gehabt hätte, die arme Lucia Spanò ist nie eine Schönheit gewesen. Wir sind zusammen im Pensionat gewesen, und schon damals sah sie so aus, vielleicht sogar noch häßlicher.» Sie lächelte, dann verdüsterte sich ihr Gesicht aufs neue. «Aber was hatte mein Mann mit alldem zu tun?» Und wieder schluchzte sie in ihr Taschentuch.

VII

Daß ein Verbrechen sich denen, die es aufklären sollen, wie ein Bild darbietet, dessen materielle und sozusagen stilistische Merkmale man sorgfältig untersuchen und analysieren muß, um es jemandem mit Sicherheit zuschreiben zu können, ist eine der Voraussetzungen der Kriminalromane, wie sie von einem Großteil der

Menschheit verschlungen werden. In Wirklichkeit liegen die Dinge ganz anders, und die große Zahl von Justizirrtümern und Verbrechen, die straflos ausgehen, beruht nicht (oder nicht nur oder nicht immer) darauf, daß die Ermittlungsbeamten nicht viel Verstand haben, sondern darauf, daß die Anhaltspunkte, die ein Verbrechen bietet, meist ganz unzulänglich sind. Verbrechen werden ja schließlich von Leuten begangen und vorbereitet, die nach besten Kräften dazu beitragen wollen, den Straflosigkeitskoeffizienten hochzuhalten.

Zur Aufklärung von Verbrechen, die geheimnisvoll oder völlig sinnlos scheinen, führen Hinweise von sozusagen berufsmäßigen Vertrauensleuten, anonyme Anzeigen und der Zufall. Und ein bißchen, aber nur ein bißchen, der Scharfsinn der Ermittlungsbeamten.

Professor Laurana begegnete dieser Zufall im September in Palermo. Schon seit ein paar Tagen hielt er sich als Mitglied der Prüfungskommission an einem Gymnasium in der Stadt auf; und in dem Restaurant, in dem er zu essen pflegte, begegnete er einem einstigen Mitschüler, den er seit langem nicht gesehen hatte, dessen politischen Werdegang er aber aus der Ferne verfolgt hatte. Kommunist, Sekretär der Ortsgruppe der Partei in einem kleinen Dorf der Madonie, dann Abgeordneter im Regionalparlament und schließlich in Rom. Natürlich tauschten sie Erinnerungen an die Schulzeit aus, und als sie den armen Roscio erwähnten, sagte der Abgeordnete: «Die Nachricht von seinem Tod hat mich tief beeindruckt, denn erst zwei oder drei Wochen zuvor hatte er mich aufgesucht. Ich hatte ihn seit wenigstens zehn Jahren nicht gesehen. Er kam zu mir nach Rom, ins Parlament. Ich erkannte ihn sofort, er hatte sich nicht ein bißchen verändert. Nicht so wie wir ... Ich dachte zunächst, sein Tod hänge mit seinem Besuch bei mir in Rom zusammen. Aber dann las ich, die Ermittlungen hätten ergeben, daß er nur umgekommen sei, weil er in Begleitung eines Mannes war, der ein Mädchen verführt haben soll, oder dergleichen ... Und weißt du, warum er zu mir gekommen ist? Um mich zu fragen, ob ich bereit sei, im Parlament, in unseren Zeitungen und auf Kundgebungen die Schandtaten eines der Honoratioren in eurem Ort an die große Glocke zu hängen, eines Mannes, der die ganze Provinz in der Hand hat, der überall mit von der Partie ist, der stiehlt, korrumpiert und zwielichtige Geschäfte betreibt ...»

«Einer aus unserm Ort? Tatsächlich?»

«Wenn ich es mir genau überlege, dann hat er, glaube ich, nicht ausdrücklich gesagt, daß es sich um jemanden aus eurem Ort handele; vielleicht hat er es mir lediglich zu verstehen gegeben, vielleicht habe ich auch nur diesen Eindruck gewonnen.»

«Einer der Honoratioren, einer, der die ganze Provinz in der Hand hat?»

«Ja, daran erinnere ich mich gut, genau das hat er behauptet. Ich habe ihm natürlich geantwortet, daß ich die Sache nur zu gern an die große Glocke hängen und einen Skandal entfesseln wolle, daß ich dazu aber selbstverständlich einige Unterlagen, etwas Beweismaterial brauche ... Er hat mir gesagt, er verfüge über ein vollständiges Aktenstück, das er mir bringen werde ... Und dann hat er nie wieder von sich hören lassen.»

«Natürlich.»
«Ja, natürlich. Er war ja nicht mehr am Leben.»
«Ich wollte keinen Witz machen. Ich meinte, daß dein Verdacht, zwischen seiner Reise nach Rom und seinem Tod könne ein Zusammenhang bestehen... Ich erinnere mich, daß er sich ein paar Tage lang nicht sehen ließ und dann sagte, er sei in Palermo bei seinem Vater gewesen... Aber Roscio, der jemanden bloßstellen will, der ein Aktenstück besitzt, das scheint mir beinahe unmöglich. Bist du wirklich sicher, daß es Roscio war?»
«Na, hör mal, wenn ich dir doch sage, daß ich ihn sofort wiedererkannt habe und daß er sich nicht ein bißchen verändert hatte!»
«Das stimmt, er hatte sich nicht verändert. Aber hat er dir den Namen dessen genannt, den er bloßstellen wollte?»
«Nein.»
«Hat er dir nicht wenigstens einen Hinweis gegeben oder Einzelheiten erwähnt?»
«Nein. Dabei hatte ich darauf gedrängt, ein wenig mehr zu erfahren. Aber er antwortete mir, es handele sich um eine delikate, ganz persönliche Angelegenheit.»
«Eine persönliche Angelegenheit?»
«Ja, persönlich. Und er würde mir entweder an Hand der Unterlagen alles sagen oder nichts. Und ich will dir gestehen, daß mir ein bißchen unbehaglich zumute wurde, als ich hörte, er habe sich noch nicht entschieden, ob er mir alles oder nichts sagen wolle... Ich hatte den Eindruck, daß diese Unterlagen und sein Erscheinen bei mir mit einer Art Erpressung zusam-

menhingen. Wenn die Sache gutging, war sie erledigt, und wenn nicht, dann würde er wiederkommen und das Aktenstück mitbringen.»

«Nein, er war keine Erpressernatur, gewiß nicht!»

«Wie erklärst du dir dann ein solches Verhalten?»

«Ich weiß nicht. Das ist alles so seltsam, fast unwahrscheinlich.»

«Aber entschuldige, du kannst dir nicht vorstellen, daß er überhaupt jemanden ruinieren wollte, du weißt nicht, auf wen er es abgesehen hatte und warum er den Betreffenden verfolgte. Und doch standest du ihm nahe und kanntest ihn gut. Da stimmt doch etwas nicht.»

«So nahe stand ich ihm nun auch wieder nicht. Er war ein verschlossener Charakter und neigte nicht zu Vertraulichkeiten. Deshalb haben wir nie über Dinge gesprochen, die uns selbst betrafen. Wir haben uns über Bücher unterhalten, über Politik ...»

«Und was hatte er für politische Ansichten?»

«Er meinte, wenn man Politik mache, ohne moralische Grundsätze zu berücksichtigen ...»

«Er wollte sich wohl nicht engagieren?» zischte der Abgeordnete.

«Das könntest du mir auch vorwerfen.»

«Tatsächlich?»

«Das hindert mich nicht, die Kommunisten zu wählen.»

«Ausgezeichnet», lobte der Abgeordnete.

«Aber mit großen Hemmungen und keineswegs aus Überzeugung.»

«Warum denn nicht?» fragte der Abgeordnete belustigt und nachsichtig, und man merkte ihm an, daß er

gewillt war, jedes Argument, das Laurana nennen würde, sofort zu zerpflücken.
«Ach, lassen wir das. Du würdest mich doch nicht dazu bringen, dagegen zu stimmen.»
«Gegen was?»
«Gegen die Kommunisten.»
«Du bist gut», sagte der Abgeordnete lachend.
«Nicht besonders», erwiderte Laurana ernst und nahm das Gespräch über Roscio wieder auf, der vielleicht ebenfalls die Kommunisten gewählt hatte, wenn er auch sorgfältig vermied, es auszusprechen. «Aus Rücksicht auf seine Verwandten, das heißt, auf die Verwandten seiner Frau, die alle politisch tätig sind, der Dekan an der Spitze.»
«Der Dekan?»
«Ja, der Dekan Rosello, ein Onkel seiner Frau. Aus Rücksicht auf ihn, oder um einen Familienzwist zu vermeiden, verzichtete Roscio darauf, eine klare Position zu beziehen. Allerdings muß ich sagen, daß sein Urteil über Menschen und Politik in letzter Zeit härter und schärfer geworden war. Jedenfalls über die Politik der Regierung.»
«Vielleicht hat ihm jemand ein Amt, eine fette Pfründe vor der Nase weggeschnappt.»
«Das glaube ich nicht. Sieh mal, er war ganz anders, als du ihn dir jetzt vorstellst. Er liebte seinen Beruf, er liebte den Ort, die Abende im Klub oder in der Apotheke, die Jagd und die Hunde; ich möchte annehmen, daß er auch seine Frau sehr liebte, und sein kleines Mädchen vergötterte er...»
«Was will das schon heißen? Er konnte darum doch auch das Geld lieben, seinen Ehrgeiz haben...»

«Geld hatte er, und Ehrgeiz war ihm fremd. Und wie soll einer, der sich entschlossen hat, auf dem Lande zu leben und für immer dort zu bleiben, ehrgeizig sein?»
«Also eine Art Landarzt von Anno dazumal, der von seinem Vermögen lebte, sich die Besuche nicht bezahlen ließ und den armen Leuten sogar noch Geld für die Arzneien gab?»
«Ja, so ähnlich. Allerdings verdiente er gut, auch in den Nachbarorten stand er in dem Ruf, ein tüchtiger Arzt zu sein, seine Sprechstunde war immer überfüllt. Und dann hatte er ja auch einen bekannten Namen: Roscio, den des alten Professors Roscio. Da fällt mir ein, ich könnte dem alten Herrn einen Besuch machen.»
«Du glaubst also wirklich, daß Roscios Tod mit seiner Stellungnahme gegen den Unbekannten zusammenhängt?»
«Nein, das nicht. Alles spricht sogar gegen diesen Verdacht. Roscio ist umgekommen, weil er unvorsichtigerweise – ich sage unvorsichtigerweise, weil er von der Drohung wußte – den Apotheker Manno begleitet hat. So sieht es zumindest aus.»
«Der arme Roscio», sagte der Abgeordnete.

VIII

Der alte Professor Roscio, der in Westsizilien noch immer einen großen, allmählich ans Legendäre grenzenden Ruf als Augenarzt hatte, war etwa zwanzig Jahre zuvor aus Universität und Beruf ausgeschieden.

Durch eine Ironie des Schicksals, oder damit er als der Mann, der die Natur durch Heilung von Blinden herausgefordert hatte und den sie darum seines Augenlichts beraubte, eine mythische Figur wurde, war der mehr als Neunzigjährige beinahe vollständig erblindet. Er lebte in Palermo im Haus seines Sohnes, der wahrscheinlich genauso tüchtig war wie er, aber nach der vorgefaßten Meinung der meisten Leute vom Ruhm des väterlichen Namens zehrte.

Laurana meldete sich telefonisch an und fragte, an welchem Tag und zu welcher Stunde sein Besuch genehm sei. Der Professor, dem das Hausmädchen das ausrichtete, kam selbst ans Telefon und bat Laurana, sofort zu kommen. Nicht daß er sich nach dessen Beschreibung an den früheren Mitschüler seines Sohnes erinnern konnte, aber in der lichtlosen Einsamkeit, in der er jetzt lebte, war er stets auf Gesellschaft erpicht.

Es war fünf Uhr nachmittags. Der Professor saß in seinem Sessel auf der Terrasse, neben sich einen Plattenspieler, aus dem bald donnernd, bald zart wie ein Hauch die Stimme eines bekannten Schauspielers drang, der den dreißigsten Höllengesang rezitierte.

«Sehen Sie, wie weit es mit mir gekommen ist?» sagte der Professor und reichte Laurana die Hand. Und als wäre der Schauspieler persönlich zugegen und als hätte der Professor gewichtige Gründe, ihn zu verachten, fuhr er fort: «So weit, daß ich mir die ‹Göttliche Komödie› von dem da vordeklamieren lasse. Lieber ließe ich sie mir von meinem zwölfjährigen Enkel, vom Hausmädchen oder vom Portier vorlesen, aber die haben anderes zu tun.»

Hinter der Terrassenbrüstung, unter den Schleiern des

Schirokko, leuchtete Palermo. «Ein schöner Blick», sagte der Professor und zeigte nacheinander auf San Giovanni degli Eremiti, den Palazzo d'Orléans und den Palazzo dei Normanni. Er lächelte. «Als wir vor zehn Jahren in dieses Haus gezogen sind, habe ich noch ein bißchen mehr gesehen. Jetzt sehe ich nur noch das Licht – wie eine ferne weiße Flamme. Zum Glück gibt es in Palermo ja so viel Licht! Aber wir wollen nicht von unseren persönlichen Schicksalsschlägen reden ... Sie sind also ein Mitschüler meines armen Sohnes gewesen?»

«Ja, im Gymnasium. Dann hat er Medizin studiert, und ich Philologie.»

«Soso, Philologie. Und nun sind Sie Lehrer, nicht wahr?»

«Ja, für Geschichte und Italienisch.»

«Ach, wissen Sie, jetzt tut es mir leid, daß ich nicht Literaturprofessor gewesen bin. Dann könnte ich wenigstens die ‹Göttliche Komödie› auswendig.»

Das scheint seine fixe Idee zu sein, dachte Laurana und sagte: «Sie haben in Ihrem Leben doch Wichtigeres getan, als die ‹Göttliche Komödie› zu lesen und zu erklären.»

«Glauben Sie, daß das, was ich getan habe, sinnvoller ist als das, was Sie tun?»

«Nein. Ich meine nur, daß das, was ich tue, tausend andere Leute genausogut tun können, während das, was Sie getan haben, nur ganz wenige Leute tun können, zehn oder zwanzig auf der ganzen Welt.»

«Unsinn», sagte der Alte und schien einzuschlummern. Dann fragte er plötzlich: «Wie war mein Sohn eigentlich in der letzten Zeit?»

«Wie er war?»
«Ich meine, war er besorgt, unruhig oder nervös?»
«Nein, das fand ich nicht. Aber gestern habe ich mit jemandem gesprochen, der ihn in Rom getroffen hat, und da fiel mir ein, daß er sich in der letzten Zeit zumindest in manchen Dingen doch ein bißchen geändert hatte. Aber warum fragen Sie mich danach?»
«Weil er mir auch ein wenig verändert vorkam... Aber Sie sagen, er hätte sich mit jemandem in Rom getroffen?»
«Ja, in Rom. Zwei oder drei Wochen vor dem Unglück.»
«Merkwürdig... Aber täuscht sich Ihr Gewährsmann auch nicht?»
«Der täuscht sich nicht. Es ist ein Freund, ein früherer Mitschüler, kommunistischer Abgeordneter. Ihr Sohn ist eigens nach Rom gefahren, um sich mit ihm zu treffen.»
«Um sich mit ihm zu treffen? Merkwürdig, wirklich merkwürdig... Ich kann mir nicht vorstellen, daß er ihn um einen Gefallen bitten wollte. Zwar sind ja auch die Kommunisten gewissermaßen an der Macht, aber wegen Gefälligkeiten wendet man sich doch besser an die da.» Er deutete auf den Palazzo d'Orléans, den Sitz der Regionalregierung. «Und die hatte mein Sohn ja sogar im eigenen Haus, und zwar recht mächtige Leute, wie ich höre.»
«Es handelt sich nicht eigentlich um einen Gefallen. Unser Freund sollte im Parlament einen der Honoratioren anprangern, der seine Stellung mißbraucht und Staatsgelder unterschlagen hatte.»
«Das wollte mein Sohn?» fragte der Alte erstaunt.

«Ja, auch ich habe mich darüber gewundert.»
«Sicher ist, daß er sich verändert hatte», sagte der Alte wie zu sich selbst. «Er war ganz anders, und ich weiß nicht genau, seit wann. Ich kann mich nicht entsinnen, wann mir zum erstenmal eine gewisse Müdigkeit und Gleichgültigkeit an ihm aufgefallen ist, und eine gewisse Härte in seinem Urteil, die mich an seine Mutter erinnerte. Meine Frau stammte aus einer Familie von Pächtern, Leuten, die zwischen 1926 und 1930 genug damit zu tun hatten, ihren Kopf aus der Schlinge zu ziehen, die Mori ihnen um den Hals gelegt hatte... Ach nein, meine Frau liebte ihren Nächsten nicht. Aber vielleicht ist es richtiger zu sagen, daß sie das gar nicht begriff und daß niemand sie das je gelehrt hatte, am allerwenigsten ich... Aber wovon haben wir gerade gesprochen?»
«Von Ihrem Sohn.»
«Ja, von meinem Sohn. Er war intelligent, aber von einer stillen, nicht sehr wendigen Intelligenz. Und er war ein durch und durch anständiger Mensch. Vielleicht hatte er von mütterlicher Seite die Liebe zu Grund und Boden und zum Landleben geerbt. Allerdings nur das, denn sein Großvater, der Vater meiner Frau, lebte auf dem Lande wie ein Primitiver, und meine Frau auch; mein Sohn dagegen hat viel gelesen, glaube ich. Schon als Junge und später als Mann gehörte er zu denen, die als einfältig gelten und in Wirklichkeit verdammt kompliziert sind. Darum war es mir nicht recht, daß er in eine katholische Familie eingeheiratet hat. Katholisch, um es einmal so zu nennen, denn in meinem ganzen Leben habe ich hier nicht einen einzigen wirklichen Katholiken kennengelernt, und

ich werde jetzt immerhin zweiundneunzig... Es gibt Leute, die haben im Laufe ihres Lebens unter Umständen den Weizen von einem halben Morgen Land in Hostiengestalt zu sich genommen und sind doch jederzeit bereit, anderen Leuten in die Tasche zu greifen, einem Sterbenden einen Fußtritt zu versetzen und einem Gesunden einen Flintenschuß ins Kreuz zu jagen... Kennen Sie meine Schwiegertochter und ihre Verwandten?»

«Nicht sehr gut.»

«Ich überhaupt nicht. Ich habe meine Schwiegertochter nur ein paarmal gesehen, und nur ein einziges Mal ihren Onkel, den Domherrn oder Dekan oder was zum Teufel er sonst ist.»

«Dekan.»

«Ein Mann von großer Milde. Er wollte mich bekehren. Zum Glück war er nur auf der Durchreise, sonst hätte er mich noch mit dem Allerheiligsten überfallen. Er hat gar nicht begriffen, daß ich religiös bin. Aber meine Schwiegertochter ist eine schöne Frau, nicht wahr?»

«Eine sehr schöne Frau.»

«Vielleicht ist sie auch nur sehr weiblich, eine von denen, die man in meiner Jugend Bettschatz nannte», sagte er mit Kennermiene, als spräche er nicht von der Frau seines jüngst verstorbenen Sohnes, und zeichnete mit den Händen den Umriß ihres liegenden Körpers nach. «Ich glaube, heute gebraucht man diesen Ausdruck nicht mehr, die Frau ist nicht mehr von Geheimnis umwittert, weder von dem des Alkovens noch von dem der Seele. Und wissen Sie, was ich manchmal denke? Daß die katholische Kirche heute ihren größten Triumph zu verzeichnen hat: Endlich haßt der Mann die Frau. Das hatte sie nicht einmal in den Jahrhunderten der tiefsten Finsternis und Strenge fertiggebracht. Heute aber ist es soweit. Und ein Theologe würde vielleicht sagen, das sei die List der Vorsehung. Der Mensch glaube, auch in erotischer Hinsicht den Weg der Freiheit zu gehen, statt dessen habe er sich in eine Sackgasse verirrt.»

«Ja, vielleicht. Obgleich mir scheint, daß der weibliche Körper in der sogenannten christlichen Welt nie zuvor so verherrlicht, so zur Schau gestellt worden ist. Selbst die Werbung überträgt der Frau die Aufgabe, anzulokken und zu verzaubern.»

«Sie haben ein Wort gebraucht, das den Kern der Sache trifft: zur Schau gestellt. Der weibliche Körper wird zur Schau gestellt. So wie man es früher mit den Gehenkten machte. Gerechtigkeit wurde also geübt. Aber ich rede zuviel, ich sollte mich lieber ein bißchen ausruhen.»

Laurana verstand das als Aufforderung zu gehen und erhob sich rasch.

«Bitte, bleiben Sie noch», sagte der Alte in der Befürchtung, daß die seltene Gelegenheit zu einem Gespräch ihm bereits wieder entschlüpfte. Abermals schien er einzuschlafen. Abermals schien sein feingeschnittenes Gemmenprofil, das später ganze Generationen von Studenten auf einem Bronzerelief mit einer jener kaum beachteten und allenfalls belachten Inschriften sehen sollten, in Schlaf zu sinken. So wird er in den Tod hinüberschlummern, dachte Laurana und betrachtete ihn ein wenig ängstlich, bis der Alte, ohne sich zu rühren, einen Gedanken aussprach, dem er offenbar die ganze Zeit über nachgehangen hatte. «Manche Dinge, manche Geschehnisse läßt man besser auf sich beruhen. Ein Bibelwort, eine alte Lebensregel sagt: Lasset die Toten ihre Toten begraben. Damit ist gemeint, daß nur die Lebenden unserer Hilfe bedürfen. Menschen aus dem Norden stellen sich dabei einen Unfall vor, bei dem es einen Toten und einen Verletzten gegeben hat, und daß die Vernunft nun gebietet, den Toten sich selbst zu überlassen und sich um die Rettung des Verletzten zu kümmern. Ein Sizilianer dagegen denkt an einen Ermordeten und seinen Mörder, und der Lebende, dem geholfen werden muß, ist für ihn eben dieser Mörder. Was ein Toter im übrigen für einen Sizilianer bedeutet, hat vielleicht niemand besser als jener Lawrence verstanden, der so viel dazu beigetragen hat, daß es mit dem Eros heute aus und vorbei ist. Ein Toter ist eine lächerliche Seele im Fegefeuer, ein kleiner Wurm mit menschlichen Zügen, der auf glühenden Ziegeln herumhüpft ... Wenn der Tote uns allerdings durch Blutsbande verbunden ist, dann muß man alles tun, damit der Lebende, das heißt der Mörder, ihm möglichst bald ins Fegefeuer folgt. In diesem Punkt bin ich kein richtiger Sizilianer. Ich war niemals geneigt, den Lebenden, also den Mördern, zu helfen, und habe immer gemeint, daß das Zuchthaus ein wirklicheres Fegefeuer ist ... Aber am Tode meines Sohnes ist etwas, was mich mit gewisser Sorge an die Lebenden denken läßt.»

«An die Lebenden, die die Mörder sind?»

«Nein, nicht an die Lebenden, die ihn unmittelbar und tatsächlich umgebracht haben, sondern an die Lebenden, die ihn so gleichgültig haben werden lassen, die ihn gelehrt haben, gewisse Dinge im Leben zu sehen und gewisse andere zu tun. Einer, der so alt ist wie ich, ist geneigt, den Tod für einen Willensakt zu halten, in meinem Fall für einen geringfügigen Willensakt. Eines Tages werde ich es satt haben, diese Stimme zu hören.» Er zeigte auf den Plattenspieler. «Ich werde von dem Lärm der Stadt und von der Träne im Auge, die das Hausmädchen seit einem halben Jahr besingt, ebenso genug haben wie von meiner Schwiegertochter, die sich jeden Morgen nach meinem Befinden erkundigt und dabei kaum ein Hehl aus ihrer Hoffnung macht, daß es mit mir möglichst bald zu Ende geht. Dann werde ich mich entschließen zu sterben, so wie man den Telefonhörer auflegt, wenn jemand am anderen Ende des Drahtes dummes Zeug redet oder einem zu sehr zusetzt. Ich will damit nur sagen, daß ein Mensch Erfahrungen, Kümmernisse und Gedanken mit sich herumtragen und in eine Gemütsverfassung geraten kann, die ihm den Tod nur noch als Formsache erscheinen lassen. Und wenn es dann überhaupt Verantwortliche gibt, so muß man sie unter denen suchen, die dem Toten am nächsten standen, und im Fall meines Sohnes könnte man bei mir anfangen, denn ein Vater ist immer verantwortlich, immer.» Seine blicklosen Augen schienen in eine ferne Vergangenheit mit ihren Erinnerungen zurückzuschweifen. «Wie Sie sehen, gehöre auch ich zu den Lebenden, denen man helfen muß.»

Laurana hatte bei diesen Reden des Alten ein Gefühl der Doppelbödigkeit, aber vielleicht handelte es sich auch nur um dunkle, schmerzliche Ahnungen. «Denken Sie an etwas Bestimmtes?» fragte er.

«Ach nein, nicht an etwas Bestimmtes. Ich denke an die Lebenden, das habe ich Ihnen doch schon gesagt. Und Sie?»

«Ich weiß es nicht», antwortete Laurana.

Schweigen senkte sich auf sie herab. Laurana stand auf, um sich zu verabschieden. Der Alte reichte ihm die Hand und sagte: «Es ist ein Problem.» Vielleicht meinte er damit das Verbrechen und vielleicht auch das Leben.

IX

Ende September kehrte er in seinen Heimatort zurück. Dort gab es nichts Neues, wie ihm Rechtsanwalt Rosello sofort im Klub zuflüsterte, damit der schreckliche Oberst es nicht hörte. Aber Laurana hatte dem Rechtsanwalt Neuigkeiten mitzuteilen, und zwar seine Begegnung mit dem Abgeordneten und die Geschichte von den Unterlagen, die Roscio dem Politiker unter der Bedingung geben wollte, daß er die Sache an die große Glocke hänge.

Rosello war überrascht. Er hörte sich den Bericht an und sagte dabei immer wieder: «Nein, so was.» Dann vertiefte er sich in die Einzelheiten, stellte Fragen und versuchte, sich an ein Zeichen oder ein Wort Roscios zu erinnern, das man mit dieser unglaubwürdigen Geschichte in Zusammenhang bringen konnte.

«Ich dachte, du wüßtest etwas davon», sagte Laurana.

«Ich wüßte etwas davon? Ich bin starr vor Staunen.»

«Vielleicht kann man eine Erklärung darin finden, daß

er gerade jemanden aus deiner Partei angreifen wollte und nicht wünschte, daß du dich einmischtest, um ihn davon abzuhalten. Er war zwar starrsinnig, andererseits aber auch nachgiebig. Wenn du von seiner Absicht erfahren hättest, dann hättest du ihm zugesetzt und einen Versöhnungsversuch gemacht. Denn du hättest die Drohung gegen einen Mann deiner Partei und folglich gegen deine Partei selbst nicht hinnehmen können ...»
«Wenn es um die Familie geht, um jemanden aus der Familie, dann gibt es keine Rücksicht auf die Partei. Hätte er sich an mich gewandt, dann hätte ich alles getan, was er wollte.»
«Aber vielleicht hat er gerade nicht gewollt, daß du deine Stellung in der Partei wegen einer Sache aufs Spiel setztest, die nur ihn anging. Er hat nämlich gesagt, es handele sich um eine delikate, ganz persönliche Angelegenheit.»
«Um eine delikate, ganz persönliche Angelegenheit? Aber bist du sicher, daß er keine Namen genannt und keine Hinweise gegeben hat, auf Grund deren man zumindest mit einiger Bestimmtheit herausbekommen könnte, um wen es sich dabei handelte?»
«Er hat nichts gesagt.»
«Weißt du, was ich mache? Ich rufe meine Kusine an, und dann gehen wir zusammen zu ihr. Seiner Frau wird er ja etwas davon gesagt haben ... Komm.»
Sie gingen ans Telefon. Rosello sprach mit seiner Kusine: Professor Laurana sei zurückgekommen und habe gewisse, fast unverständliche Dinge erfahren, die vielleicht nur sie aufklären könne, und ob sie deshalb trotz der unpassenden Tageszeit für einen Augenblick zu ihr hinaufkommen könnten.

«Komm», sagte Rosello und legte den Hörer auf.
Eine Hand ängstlich aufs Herz gedrückt, wartete Frau Luisa gespannt, was der Professor zu berichten hatte. Sie war erstaunt, von der Reise ihres Mannes nach Rom zu hören, und sagte dann, zu ihrem Vetter gewandt: «Wahrscheinlich war das zwei oder drei Wochen vor dem Unglück, als er erklärte, er wolle nach Palermo fahren.» Aber zu allem anderen hatte sie nichts zu sagen. Ja, vielleicht hatte ihr Mann in der letzten Zeit Sorgen, er sprach wenig und klagte häufig über Kopfschmerzen.
«Auch sein Vater, der alte Professor Roscio, hat mir gesagt, er habe seinen Sohn in der letzten Zeit ein wenig verändert gefunden.»
«Sie haben meinen Schwiegervater gesehen?»
«Diesen schrecklichen Alten», sagte Rosello.
«Ja, ich habe ihn aufgesucht. Er hat seine fixen Ideen, aber er ist noch ganz klar, ja ich würde sagen erbarmungslos ...»
«Ein Mensch ohne Glauben», sagte Frau Luisa. «Was kann man von einem Menschen ohne Glauben schon erwarten?»
«Ich meinte, daß er einen erbarmungslos klaren Verstand hat ... Und was den Glauben betrifft, so hatte ich nicht den Eindruck, daß er ein Mensch ohne Glauben ist.»
«Der hat keinen Glauben», sagte Rosello. «Er gehört zu jenen entschlossenen Atheisten, die selbst der Tod nicht erschüttert.»
«Ich halte ihn nicht für einen Atheisten», widersprach Laurana.
«Aber ein Antiklerikaler ist er», sagte Frau Luisa.

«Wir haben ihn einmal zusammen mit dem Onkel Dekan besucht, ich, mein Mann und der Onkel ... Sie hätten hören sollen, was er damals sagte. Mir lief es eiskalt den Rücken hinunter, das können Sie mir glauben.» Und sie kreuzte ihre schönen bloßen Arme vor der Brust, als liefe es ihr noch jetzt eiskalt den Rücken hinunter.

«Was hat er denn gesagt?»

«Dinge, die ich nicht wiederholen kann, Dinge, die ich noch nie in meinem Leben gehört hatte ... Und der arme Onkel Dekan hielt sein kleines silbernes Kruzifix fest in der Hand und sprach zu ihm von Erbarmen und Liebe.»

«Tatsächlich hat er mir gesagt, der Dekan sei ein Mann von großer Milde ...»

«Dazu hatte er auch allen Anlaß», sagte Frau Luisa.

«Der Onkel Dekan ist ein Heiliger», erklärte Rosello nachdrücklich.

«Nein, so etwas kann man nicht sagen und darf man nicht sagen», korrigierte ihn Frau Luisa. «Wer heilig ist, darüber befinden nicht wir. Aber man darf sagen, daß der Onkel Dekan ein so gütiges Herz hat, daß er einem wie ein Heiliger vorkommt.»

«Ihr Mann», sagte Laurana, «glich seinem Vater äußerlich sehr, und ein wenig glich er ihm auch in der Art des Denkens.»

«Diesem alten Teufelsbraten? Aber ich bitte Sie ... Mein Mann hatte großen Respekt vor dem Onkel Dekan und vor der Kirche. Er begleitete mich jeden Sonntag zur Messe. Er hielt das Freitagsgebot. Und niemals hätte er über die Religion gespottet oder auch nur ein skeptisches Wort über sie geäußert ... Und so lieb ich ihn gehabt habe, glauben Sie etwa, ich hätte ihn geheiratet, wenn ich den Verdacht, den bloßen Verdacht gehabt hätte, er dächte wie sein Vater?»

«Im Grunde», sagte Rosello, «war er schwer zu verstehen. Was er letztlich von Religion und Politik hielt, das kannst wahrscheinlich nicht einmal du, seine Frau, mit Sicherheit sagen.»

«Gewiß ist, daß er die Religion respektierte», sagte Frau Luisa.

«Ja, er respektierte sie. Aber aus dem, was uns Laurana jetzt erzählt hat, geht klar hervor, daß er sehr verschlossen war und selbst dir seine Gedanken und Pläne nicht anvertraute.»

«Das stimmt.» Die Witwe seufzte und wandte sich an Laurana. «Aber seinem Vater – hat er nicht wenigstens dem etwas gesagt?»

«Nein.»

«Und dem Abgeordneten hat er gesagt, es handele sich um eine delikate, ganz persönliche Angelegenheit?»

«Ja.»

«Und er hat ihm Unterlagen versprochen?»

«Ein ganzes Aktenstück.»

«Hör mal», schlug Rosello seiner Kusine vor, «können wir nicht einen Blick in seine Schubladen und in seine Papiere werfen?»

«Ich möchte, daß alles so bleibt, wie er es hinterlassen hat, ich hätte nicht den Mut, darin zu stöbern.»

«Es handelt sich doch darum, uns eine Sorge zu nehmen. Im übrigen, was weiß ich? Wenn jemand ihm Unrecht getan hat, dann könnte ich aus alter Anhänglichkeit, und um sein Andenken zu ehren, der Sache nachgehen und sie klären.»

«Da hast du recht», sagte Frau Luisa und erhob sich. Groß, mit imponierender Büste und Armen, die nackt waren bis zu dem Haarbüschel in den Achselhöhlen, von einem Duft umweht, in dem eine erfahrenere Nase (und eine weniger leidenschaftliche Natur) Balenciaga vom Schweiß unterschieden hätte, stand sie einen Augenblick hoch aufgerichtet vor dem Lehrer wie die Nike von Samothrake auf der Treppe des Louvre.

Sie führte sie in sein Arbeitszimmer, einen Raum, der ein wenig düster war oder doch so wirkte, weil das Licht, das auf den Schreibtisch fiel, die mit Büchern angefüllten dunklen Regale im Schatten ließ. Auf dem Schreibtisch lag ein aufgeschlagenes Buch. «Das las er gerade», sagte Frau Luisa. Rosello steckte zwei Finger zwischen die aufgeblätterten Seiten, schloß das Buch und las den Titel: «Briefe an Frau Z.»

«Was ist das?» fragte er Laurana.

«Ein sehr interessantes Buch, von einem Polen.»

«Er las so viel», sagte die Witwe.

Behutsamer, als er das Buch vom Schreibtisch genommen hatte, legte Rosello es aufgeschlagen wieder darauf. «Wir sollten uns erst einmal die Schubladen ansehen», sagte er und öffnete die erste.

Laurana beugte sich über das offene Buch, ein Satz sprang ihm ins Auge: «Erst eine Tat, die gegen die Ordnung des Systems verstößt, stellt den Menschen in das grelle Licht der Gesetze.» Er überflog die ganze Seite, nicht Zeile für Zeile, sondern so, als öffnete er eine Blende, und erkannte die Stelle im Buch, den Kontext wieder, wo der Schriftsteller von Camus, von seiner Erzählung «Der Fremde» spricht. Die Ordnung

des Systems! Und wo ist hier das System? Hatte es je eins gegeben, würde es je eins geben? Ein Fremder durch Wahrhaftigkeit oder Schuld sein, oder durch Wahrhaftigkeit und Schuld zugleich, ist ein Luxus, den man sich nur dort leisten kann, wo es die Ordnung eines Systems gibt. Es sei denn, man wolle den Zusammenhang, in dem der arme Roscio verschwunden war, als System gelten lassen. Dann ist der Mensch in der Rolle des Scharfrichters eher ein Fremder als in der des Verurteilten, steht mehr in der Wahrheit, wenn er das Fallbeil bedient, als wenn er unter ihm liegt.
Auch Frau Luisa beteiligte sich an der Suche. Eingehüllt in das Netz aus Licht und Schatten, kauerte sie vor der untersten Schublade, nackt, das Gesicht geheimnisvoll umwogt von der dunklen Masse des Haars. Lauranas Gedanken schmolzen an der düsteren Sonne des Begehrens dahin.
Frau Luisa schloß die Schublade und richtete sich mit einer tänzerisch geschmeidigen Bewegung auf. «Nichts», sagte sie. Aber das klang nicht enttäuscht, sondern so, als hätte sie nur ihrem Vetter zuliebe die Schublade durchgesehen. «Nichts», sagte auch Rosello im gleichen Ton, als er das letzte Aktenbündel an seinen Platz zurücklegte.
«Ich weiß nicht, aber er könnte doch auch ein Schließfach bei der Bank gehabt haben», sagte Laurana.
«Daran habe ich auch gerade gedacht», meinte Rosello, «morgen werde ich versuchen, darüber etwas zu erfahren.»
«Ausgeschlossen. Er wußte, daß hier niemand seine Sachen, seine Bücher und seine Papiere anrührte, nicht einmal ich ... Er war ja ein bißchen pedantisch», sagte

die Witwe in einem Ton, in dem durchklang, daß sie gewiß nicht pedantisch war.
«Irgendein Geheimnis muß aber hinter der Sache stekken», sagte Rosello.
«Glaubst du denn, daß die Geschichte mit dem kommunistischen Abgeordneten und den Unterlagen etwas mit seinem Tod zu tun hat?» fragte ihn seine Kusine.
«Nicht im Traum.» Er wandte sich an Laurana. «Was hältst du denn davon?»
«Ja, was soll ich davon halten?»
«Oh», rief die Witwe aus, «Sie glauben also ...»
«Nein, das glaube ich nicht. Nur ist jetzt, nachdem die Polizei mit ihrer These von den Liebesabenteuern des Apothekers in eine Sackgasse geraten ist, jede Unterstellung möglich.»
«Und der Brief? Der Drohbrief, den der Apotheker bekommen hat? Wie erklärst du dir den?» fragte Rosello.
«Ja, der Brief?» wiederholte die Witwe.
«Den erkläre ich mir als eine List der Mörder, als ein Ablenkungsmanöver. Der Apotheker war nur ein vorgeschobener Strohmann.»
«Glauben Sie das wirklich?» fragte die Witwe erstaunt und ängstlich.
«Nein, ich glaube es nicht.»
Frau Luisa schien erleichtert. Sie klammert sich an den Gedanken, daß ihr Mann durch die Schuld des Apothekers umgekommen ist, und fürchtet von jeder anderen Hypothese, sie könnte seinem Andenken schaden, dachte Laurana und machte sich Vorwürfe, daß er sie mit dieser Hypothese beunruhigt hatte, die er freilich nicht für ein reines Hirngespinst hielt.

X

«Einer der Honoratioren, der Bestechungen und Unterschlagungen begeht und zwielichtige Geschäfte betreibt – an wen würden Sie da denken?»
«Hier im Ort?»
«Vielleicht hier im Ort, vielleicht in der weiteren Umgebung, in der Provinz.»
«Sie stellen mich da vor ein schwieriges Problem», sagte der Pfarrer von Sant' Anna. «Denn wenn wir uns auf den Ort beschränken, dann können selbst die ungeborenen Kinder diese Frage beantworten. Aber wenn wir einen größeren Umkreis oder gar die ganze Provinz einbeziehen, dann wird die Sache schwierig und schwindelerregend.»
«Beschränken wir uns doch auf den Ort», schlug Laurana vor.
«Dann kommt nur Rosello in Frage, der Rechtsanwalt Rosello.»
«Ausgeschlossen.»
«Was ist ausgeschlossen?»
«Daß er...»
«Daß er Bestechungen und Unterschlagungen begeht und zwielichtige Geschäfte betreibt? Entschuldigen Sie, dann muß ich Ihnen sagen, daß Sie mit offenen Augen schlafen.»
«Nein, nein... Ich meinte, es sei ausgeschlossen, daß er der ist, auf den mein Gesprächspartner angespielt hat.»

«Und wer war Ihr Gesprächspartner?»
«Ich kann seinen Namen nicht nennen», antwortete der Professor, wurde rot und wich dem Blick des Pfarrers aus, der plötzlich aufmerksamer wurde.
«Aber, lieber Professor, Ihr Gesprächspartner hat Ihnen den Namen des Betreffenden nicht genannt, er hat Ihnen den Namen des Ortes nicht genannt, und die Beschreibung, die er Ihnen gegeben hat, paßt – glauben Sie mir – mit Ausnahme jener Ehrenmänner, die bereits geschnappt wurden und hinter Schloß und Riegel sitzen, auf ungefähr hunderttausend Personen. Und in dieser Menschenmenge wollen Sie Ihren Mann finden?»
Er lächelte mitleidig und nachsichtig.
«Ehrlich gesagt, habe ich geglaubt, daß mein Gesprächspartner, dessen Namen ich nicht nennen kann, jemanden hier im Ort meinte. Aber wenn Sie mir jetzt sagen, daß hier im Ort nur Rosello ...»
«Rosello ist der Schlimmste, der, an den man zuallererst denkt, und der einzige, den man im eigentlichen Wortsinn zu den Honoratioren zählen kann. Aber dann gibt es noch die kleinen Missetäter, und wenn Sie wollen, können Sie auch mich dazurechnen.»
«Aber nein», protestierte Laurana ohne Überzeugung.
«Doch, doch, und das wäre nicht einmal verkehrt... Aber Rosello, das möchte ich wiederholen, ist der Schlimmste. Haben Sie eigentlich eine genaue Vorstellung von Rosello? Ich meine, von seinen zwielichtigen Geschäften, von seinen Einkünften, von seiner öffentlichen und geheimen Macht? Denn was er in menschlicher Hinsicht ist, davon kann man sich leicht ein Bild machen: ein Dummkopf, aber ein raffinierter, der, um

ein Amt zu bekommen oder zu behalten – natürlich ein gutbezahltes Amt –, über Leichen ginge, über jedermanns Leiche außer der seines Onkels, des Dekans.»

«Was er für ein Mensch ist, weiß ich, aber von seiner Macht habe ich keine genaue Vorstellung. Sie wissen darüber sicherlich besser Bescheid als ich.»

«Und ob ich darüber Bescheid weiß. Rosello gehört dem Verwaltungsrat von Furaris an, macht fünfhunderttausend Lire im Monat, er ist technischer Berater derselben Firma, noch ein paar Millionen im Jahr; Beirat der Trinacria-Bank, noch ein paar Millionen; Vorstandsmitglied bei Vesceris, fünfhunderttausend Lire im Monat; Präsident einer Gesellschaft zur Gewinnung hochwertigen Marmors, die von Furaris und der Trinacria-Bank finanziert wird und, wie jedermann weiß, ihre Tätigkeit in eine Gegend verlegt hat, in der man hochwertigen Marmor selbst dann nicht fände, wenn man ihn eigens dort hinschaffte, denn er versänke sofort im Sand; schließlich ist er Provinzialrat, und das ist ein Amt, das vom finanziellen Standpunkt aus ein reines Verlustgeschäft ist, denn die Tagesgelder reichen kaum für die notwendigen Trinkgelder aus, aber was das Prestige betrifft ... Sie wissen doch, daß er es war, der die Christdemokraten im Provinzialtag veranlaßte, die bisherige Koalition mit den Faschisten aufzulösen und eine Koalition mit den Sozialisten einzugehen. Das war in Italien einer der ersten Schritte in dieser Richtung. Er genießt daher hohes Ansehen bei den Sozialisten und wird sich auch das gleiche Ansehen bei den Kommunisten erwerben, wenn es ihm gelingt, wieder der erste zu sein, sobald sich ein weiterer Linksrutsch in seiner Partei abzeichnet. Ja, ich kann Ihnen sagen, daß die Kommunisten in unserer Provinz schon in scheuer Hoffnung zu ihm hinüberblinzeln. Und damit wollen wir uns seinen Privatangelegenheiten zuwenden, die mir allerdings nur teilweise bekannt sind: Baugrundstücke in der Kreisstadt und, wie es heißt, auch in Palermo; entscheidender Einfluß auf einige Bauunternehmen; eine Druckerei, die ununterbrochen öffentliche Aufträge bekommt; eine Speditionsfirma ... Und schließlich sind da noch seine dunkleren Geschäfte, und in ihnen herumzuschnüffeln, selbst wenn es aus reiner und zweckloser Neugier geschieht, ist sehr gefährlich. Ich sage Ihnen nur das eine: Wenn mir zu Ohren käme, daß auch der Mädchenhandel durch seine Hände geht, so würde ich das unbesehen glauben.»

«Das hätte ich nie geglaubt», sagte Laurana.

«Natürlich nicht. Aber wissen Sie, wie sich das verhält? Ich habe einmal in einem philosophischen Buch im Zusammenhang mit dem Relativismus gelesen, die Tatsache, daß wir mit bloßem Auge die Füße der Maden im Käse nicht erkennen könnten, sei noch kein Grund anzunehmen, daß die Maden selbst diese Füße nicht sehen können ... Ich bin eine Made im selben Käse und sehe darum die Füße der anderen Maden.»

«Das ist lustig.»

«Nicht besonders», entgegnete der Pfarrer und fügte angeekelt hinzu: «Man bleibt eine Made unter Maden.»

Diese bittere Bemerkung veranlaßte Laurana beinahe, den Pfarrer ins Vertrauen zu ziehen. Wenn er ihm nun alles erzählte, was er über das Verbrechen und über Roscio wußte? Ein intelligenter, scharfsinniger Mann, erfahren und vorurteilslos. Wer weiß, ob er nicht den Schlüssel zu diesem Problem fände. Aber dann dachte er daran, daß der Pfarrer zuviel redete, daß er sich gern als einen unabhängigen, vorurteilslosen, mit allen Wassern gewaschenen Mann hinstellte. Außerdem hegte er bekanntlich eine tiefe Abneigung gegen den Dekan. Wenn er etwas erfuhr, was irgendwie einen Schatten auf dessen Familie warf, dann ließ er sich nicht davon abhalten, es auszuschmücken und unter die Leute zu bringen. Unbewußt spielte bei diesem Mißtrauen gegen den Pfarrer auch Lauranas Abscheu vor dem schlechten Priester mit, obwohl er im Licht des Bewußtseins der Meinung war, daß es überhaupt keine guten Priester gebe; es war der gleiche Abscheu gegen den Pfarrer von Sant'Anna, wie ihn auch seine Mutter nicht verhehlte, die dem, was sie seine Schamlosigkeit nannte, das keusche Betragen des Dekans gegenüberstellte.

«Wenn man Rosello ausschließt, wen gibt es in der Provinz noch, der, sagen wir, über die gleichen Voraussetzungen verfügt?»

«Lassen Sie mich nachdenken», sagte der Priester. Dann fragte er: «Wollen wir die Abgeordneten und die Senatoren ausschließen?»

«Ja, die wollen wir ausschließen.»

«Also dann: Commendatore Fedeli, Rechtsanwalt Lavina, Doktor Jacopitto, Rechtsanwalt Anfosso, Rechtsanwalt Evangelista, Rechtsanwalt Boiano, Professor Camerlato, Rechtsanwalt Macomer ...»

«Offenbar ein unlösbares Problem.»

«Ja, unlösbar. Das habe ich Ihnen ja schon vorhin gesagt. Es sind eben zu viele, zu viele. Mehr als einer, der nicht im selben Käse sitzt, sich auch nur vorstellen kann. Aber entschuldigen Sie, welches Interesse haben Sie eigentlich daran, dieses Problem zu lösen?»

«Neugierde, reine Neugierde. Durch eine zufällige Reisebekanntschaft hörte ich von jemandem in dieser Gegend, der, sagen wir, durch unsaubere Geschäfte reich geworden ist.» Seit Laurana sich um das Verbrechen kümmerte, fiel es ihm nicht schwer zu lügen. Und das beunruhigte ihn ein wenig, als hätte er eine stille Neigung bei sich entdeckt.

«Na dann ...» Der Pfarrer wischte das kleine Problem mit einer Handbewegung weg.

«Es tut mir leid, daß ich Ihnen die Zeit gestohlen habe», sagte Laurana.

«Ich las gerade Casanova, den Urtext seiner Memoiren. Auf französisch», fügte er mit einem Anflug von Genugtuung hinzu.

«Diesen Text kenne ich nicht», sagte Laurana.

«Er unterscheidet sich nicht sehr von der bekannten Fassung, vielleicht ist er ein bißchen weniger blumig... Und ich dachte gerade darüber nach, wenn man diese Memoiren als eine Art Handbuch der Erotik betrachtet, so ist das Interessanteste daran die Behauptung, zwei oder drei Frauen auf einmal zu verführen sei leichter, als eine Frau allein zu verführen.»

«Wahrhaftig?» fragte der Lehrer erstaunt.

«Das versichere ich Ihnen», antwortete der Pfarrer und legte die Hand auf die Brust.

XI

Laurana konnte sich genau erinnern: Roscio und Rosello hatten sich bis zum Abend vor dem Verbrechen gegrüßt und miteinander gesprochen. Zwar hatte zwischen ihnen weder der familiäre Ton von Verwandten noch die Herzlichkeit von Freunden geherrscht. Aber Roscio hielt von jedermann Abstand, auch vom Apotheker Manno, mit dem er doch ständig zusammen auf die Jagd ging, und das konnte leicht wie Kälte oder Gleichgültigkeit wirken. Im Gespräch beschränkte er sich darauf zu antworten, und je größer eine Gesellschaft war, desto tiefer hüllte er sich in Schweigen. Nur einem früheren Mitschüler wie Laurana gegenüber wurde er, wenn sie beide allein waren, ein bißchen gesprächiger. Und es war anzunehmen, daß er es an den langen Jagdtagen mit dem Apotheker ebenso gehalten hatte.

An den Beziehungen zum Vetter seiner Frau schien sich auch in letzter Zeit nichts geändert zu haben, außerdem wäre bei Roscios lakonischem Wesen eine solche Veränderung auch schwer festzustellen gewesen. Jedenfalls sprachen sie miteinander, und diese Tatsache schloß den Verdacht aus, daß Roscio dabei war, seinem Verwandten eine Falle zu stellen. Es sei denn, man hätte ihm eine verborgene und abgefeimte Bosheit zugetraut, die in dieser Gegend nicht seltene Fähigkeit, seinen Groll gegen jemanden sorgfältig zu tarnen und gleichzeitig auf die gemeinste Weise zu einem vernichtenden Schlag gegen den Betreffenden auszuholen. Aber diese Möglichkeit wollte Laurana nicht einmal in Betracht ziehen.

An dem Punkt, den er jetzt erreicht hatte, blieb nichts übrig, als mit der Sache Schluß zu machen und nicht mehr daran zu denken. Sie war ein Zeitvertreib für die Ferien gewesen, und, bei Lichte besehen, sogar ein ziemlich unsinniger. Nun begann die Schule wieder und damit das lästige Hin und Her zwischen Dorf und Kreisstadt. Seine Mutter hing an dem Ort und an ihrem Haus und lehnte den Vorschlag, in die Kreisstadt zu ziehen, rundweg ab. Laurana betrachtete sich zwar einerseits als ein Opfer dieser Einstellung seiner Mutter, andererseits waren nach den Schulstunden die Rückkehr in den Ort und das Leben in dem alten großen Haus doch Annehmlichkeiten, auf die er nie verzichtet hätte.

Ausgesprochen unbequem aber waren die Abfahrtszeiten des Autobusses. Jeden Morgen um sieben aufbrechen müssen, eine halbe Stunde später in der Kreisstadt eintreffen, bis zum Schulbeginn länger als eine halbe Stunde umherlaufen, im Kaffeehaus oder im Lehrerzimmer sitzen und später darauf warten, daß es halb zwei wurde, um zwei zu Hause ankommen – das war ein Leben, das er von Jahr zu Jahr lästiger fand, wie denn die Last der Jahre, die verstrichen, überhaupt spürbarer wurde.

Von dem Rat, den alle (außer seiner Mutter) ihm immer wieder gaben, Autofahren zu lernen und sich einen Wagen zu kaufen, hatte er bei seinem Alter, seinem Nervenzustand und seiner Zerstreutheit (ganz zu schweigen von den Ängsten seiner Mutter) nie viel

gehalten. Aber jetzt, bei der Aussicht auf ein ermüdendes Schuljahr und die täglichen Autobusfahrten, denen er sich nicht mehr so recht gewachsen fühlte, war er entschlossen, es zu versuchen. Wenn er im übrigen bei den ersten Fahrstunden nach Ansicht des Fahrlehrers eine zu geringe Reaktions- und Konzentrationsfähigkeit bewies, konnte er die Sache ja sofort wieder aufgeben und resigniert zu seinen alten, wenn auch mühseligen Gewohnheiten zurückkehren.
Dieser Entschluß von scheinbar so geringer Tragweite sollte indessen für sein Leben schicksalhafte Bedeutung erhalten. Noch war es ihm nicht wirklich gelungen, nicht mehr – und gar von heute auf morgen – an Roscios und des Apothekers problematischen Tod zu denken, da konfrontierte ihn, als er das für den Führerschein notwendige Leumundszeugnis beantragen wollte, eine Begegnung auf der Treppe des Gerichtsgebäudes plötzlich mit einer neuen Seite des Problems. Wieder war es ein Zufall, aber diesmal einer von todesträchtiger Schicksalhaftigkeit.
Er stieg also die Treppe im Gerichtsgebäude hinauf und überließ sich dabei mit einem gewissen Masochismus jenen Befürchtungen, die jeder Italiener hat, sobald er das Labyrinth eines öffentlichen und gar noch der Rechtsprechung dienendes Gebäude betritt. Und plötzlich sah er sich Rosello gegenüber, der in Begleitung zweier Personen die Treppe herunterkam. Einen von den beiden erkannte Laurana sofort: den Rechtsanwalt Abello, der bei seinen Anhängern und bei seiner Partei als ein Muster an Gelehrsamkeit und moralischer Festigkeit galt. Und von dieser Gelehrsamkeit hatte er überzeugende Beweise gegeben, in-

dem er behauptete, durch den heiligen Augustinus, den heiligen Thomas, den heiligen Ignatius und jeden Heiligen, der jemals zur Feder gegriffen hatte oder dessen Gedanken von einem Zeitgenossen gesammelt worden waren, sei der Marxismus längst gründlich überholt. Überholen war nämlich auf jedem Gebiet seine Stärke.

Rosello schien erfreut über die gute Gelegenheit, Laurana, der so kulturbeflissen war, mit dem Abgeordneten Abello, einem wahren Kulturpapst, bekannt zu machen. Er stellte die beiden einander vor, und der Abgeordnete reichte Laurana mit einem zerstreuten «Angenehm» die Hand, wurde aber aufmerksamer, als Rosello ihm sagte, Laurana, der Professor am humanistischen Gymnasium sei, befasse sich auch mit Literaturkritik.

«Mit Literaturkritik?» fragte der Abgeordnete mit der Miene eines Examinators. «Was haben Sie denn geschrieben?»

«Wenig – über Campana, Quasimodo . . .»

«Ach, über Quasimodo», sagte der Abgeordnete, sichtlich enttäuscht.

«Mögen Sie ihn nicht?»

«Ganz und gar nicht. Sizilien hat heute nur einen einzigen großen Dichter: Luciano De Mattia . . . Kennen Sie ihn?»

«Nein.»

«‹Lausche, Friedrich, meiner Stimme, die ein Möwenwind dir bringt . . .› Kennen Sie das nicht? Das ist ein Gedicht von De Mattia über Friedrich II. Besorgen Sie es sich und lesen Sie es.»

Um Laurana, der von der umfassenden Bildung des

Abgeordneten ganz erschlagen war, ein wenig aufzuhelfen, mischte sich jetzt mit einem Lächeln, das deutlich von der freundschaftlichen und hilfsbereiten Absicht dieser Einmischung sprach, Rosello ins Gespräch und fragte: «Was führt dich denn hierher? Kann ich etwas für dich tun?»

Laurana erklärte, daß und weshalb er ein Leumundszeugnis beantragen wolle, und währenddessen betrachtete er nicht ohne Neugierde den Mann, der mit Rosello und dem Abgeordneten zusammen gekommen und jetzt ein wenig zurückgeblieben war. Ein Stimmenwerber des Abgeordneten oder ein Klient Rosellos, offenbar ein Mann vom Lande. Was an ihm aber auffiel und Neugierde weckte, das war eine Brille mit leichtem Metallgestell, wie sie die Amerikaner von einem gewissen Alter an tragen, kurz, eine Trumanbrille, die in merkwürdigem Gegensatz zu dem breiten, harten, braungebrannten Gesicht stand. Und vielleicht weil das Gefühl, daß er Gegenstand einer wenn auch beiläufigen und unkonzentrierten Neugier war, den Mann verlegen machte, zog er ein Päckchen aus der Tasche und entnahm ihm eine Zigarre.

Wieder reichte ihm der Abgeordnete mit einem «Lieber Freund» die Hand, aber dieses Wort drückte jetzt eher Verachtung als Zerstreutheit aus, und während Laurana die Hand schüttelte, registrierte er, daß das Päckchen, das der Mann wieder in die Tasche steckte, gelb und rot war. Er verabschiedete sich von Rosello und winkte dem Mann, der ein wenig zurückgeblieben war, einen flüchtigen Gruß zu.

Als er zwanzig Minuten später das Gerichtsgebäude eilig verließ, weil er noch eine Unterrichtsstunde zu geben hatte, kamen ihm vor einem Tabakladen die Zigarrenpackung und ihre Farben unversehens in den Sinn. In einer plötzlichen Anwandlung trat er ein und verlangte eine Packung «Branca». In den wenigen Sekunden, in denen die Hand des Zigarrenhändlers an dem Regal entlangglitt, ehe sie bei dem Fach mit den «Branca» anhielt, begann sein Herz schneller zu schlagen, und das Blut stieg ihm zu Kopf wie einem Spieler, der dem letzten, langsamen Ausrollen der Roulettekugel zuschaut. Und schon lag die Packung «Branca» auf dem Ladentisch: rot und gelb. Das Gefühl, gespielt und gewonnen zu haben, war so lebhaft, daß er dachte: Rouge et jaune. Dabei ahmte er im stillen den singenden Ton eines Croupiers nach, und vielleicht tat er es sogar laut, denn der Tabakhändler sah ihn einen Augenblick lang erstaunt an. Er zahlte und ging. Als er die Packung öffnete, zitterten ihm die Hände. Und während er eine Zigarre herausnahm und sie anzündete, verlängerte er unbewußt das Vergnügen, über das neue überraschende Element nachzudenken, das jetzt zu den ihm bereits bekannten hinzugekommen war, und ihm fiel ein, daß es auf der Roulettescheibe kein Gelb gibt. Er sah die Spiegelsäle von Monte Carlo, wo er einmal gewesen war, wieder vor sich und blickte in die besessenen Gesichter von Iwan Mosjukin und Mattia Pascal.

Als er in die Schule kam, stand der Direktor schon im Gang vor der Klasse, um die Schüler, die zu lärmen begonnen hatten, zu beaufsichtigen. «Herr Kollege, Herr Kollege», tadelte er ihn mild.

«Bitte, entschuldigen Sie», sagte Laurana und betrat mit der brennenden Zigarre in der Hand das Klassenzimmer. Er war befriedigt, verwirrt, bestürzt. Seine Schüler begrüßten mit lautem Geschrei die Neuerung, die die Zigarre darstellte.

XII

Auf Grund dessen, was er wußte, konnte der Mann, der »Branca«-Zigarren rauchte, ebensogut ein Mörder wie ein Universitätsprofessor aus Dallas sein, der gekommen war, um aus der von Gelehrsamkeit strotzenden Brust des Abgeordneten Abello Nahrung zu saugen. Nur sein Instinkt, der wie bei jedem Sizilianer durch lange Erfahrungen und Ängste geschärft war, witterte die drohende Gefahr wie ein Hund, der schon auf der Fährte des Stachelschweines, das er noch gar nicht zu Gesicht bekommen hat, spürt, daß dessen Stacheln ihn grausam verletzen können, und der darum jämmerlich winselt.

Als er noch am selben Abend Rosello von neuem traf, wurde seine Ahnung Gewißheit.

Noch ehe er ihn begrüßt hatte, fragte Rosello mit einem selbstgefälligen, stolzen Lächeln: «Nun, wie hat dir der Abgeordnete gefallen?»

Laurana rang sich eine vieldeutige Antwort ab: «Er verdient die Bewunderung, die er genießt.»

«Es freut mich, daß du das findest, es freut mich wirklich. Ein geistsprühender Mann, ein wahres Genie... Du wirst sehen, früher oder später wird er Minister.»

«Des Innern», sagte Laurana, und es klang gegen seinen Willen ironisch.

«Warum des Innern?» fragte Rosello mißtrauisch.
«Was soll er denn sonst werden, vielleicht Minister für den Fremdenverkehr?»
«Natürlich müssen die in Rom ein Einsehen haben und ihm ein wichtiges Ministerium, eine Schlüsselposition geben.»
«Das werden sie schon tun», sagte Laurana.
«Wir wollen es hoffen, denn es ist wirklich schade, daß ein Mann wie er in einem so heiklen politischen, ja historischen Augenblick nicht richtig eingesetzt wird.»
«Aber wenn ich nicht irre, steht er doch ziemlich weit rechts. Und vielleicht ist es in einem Augenblick, in dem man mehr nach links tendiert...»
«Rechts heißt bei dem Abgeordneten, daß er weiter links steht als die Chinesen, wenn du es genau wissen willst. Was bedeutet schon rechts und links? Für ihn sind diese Unterscheidungen sinnlos.»
«Das freut mich», sagte Laurana. Und dann fragte er wie zerstreut: «Wer war denn der Herr, der den Abgeordneten begleitete?»
«Einer aus Montalmo, ein ordentlicher Mann.» Aber plötzlich wurde Rosello frostig, seine Augen nahmen einen starren, eisigen Ausdruck an. «Warum willst du das wissen?»
«Aus schierer Neugierde... Er schien mir interessant.»
«Ja, der ist wirklich interessant», sagte Rosello im Ton kaum verhüllter Drohung und Herausforderung. Laurana fühlte, daß ein Schauer des Erschreckens ihn überlief, und er versuchte, das Gespräch wieder auf den Abgeordneten zu bringen. «Ist denn der Abgeord-

nete Abello ganz und gar mit der jetzigen Linie eurer Partei einverstanden?»

«Warum denn nicht? Wir haben es zwanzig Jahre lang mit der Rechten versucht, jetzt ist es an der Zeit, es einmal mit der Linken zu versuchen. Ändern wird sich sowieso nichts.»

«Und die Chinesen?»

«Die Chinesen?»

«Ich meine, wenn der Abgeordnete weiter links steht als die Chinesen...»

«Ihr Kommunisten seid doch immer die gleichen. Aus einer Bemerkung dreht ihr einem Mann einen Strick und hängt ihn daran auf. Das war doch nur so dahingesagt, daß er links von den Chinesen steht. Aber wenn es dir Spaß macht, kann ich auch sagen, daß er rechts von Franco steht. Er ist ein außergewöhnlicher Mensch, der so großartige Ideen hat, daß ihm solche Lächerlichkeiten wie rechts und links, das habe ich dir doch schon gesagt, sinnlos scheinen... Aber entschuldige mich, wir sprechen ein andermal darüber. Ich muß nach Hause, ich habe zu tun.» Und ohne zu grüßen, ging er mit ziemlich mürrischer Miene davon.

Eine halbe Stunde später kehrte er völlig verwandelt zurück: aufgeräumt, fröhlich und guter Dinge. Aber Laurana spürte die Spannung und die Unruhe, ja vielleicht die Angst, die ihn veranlaßten, wie ein Nachtfalter (so dachte Laurana) um das Licht zu kreisen. Und dieses Bild aus «Schuld und Sühne» geriet, wie das sein literarisches Handwerk so mit sich brachte, in Anmerkungen zu Gozzano und zu Montale.

Rosello versuchte, das Gespräch wieder auf den tüchtigen Mann aus Montalmo zu bringen, nach dem Laurana ihn gefragt hatte. Denn der war, wenn man es recht bedachte, vielleicht gar nicht aus Montalmo, möglicherweise wohnte er in der Kreisstadt, und er hatte nur gesagt, er sei aus Montalmo, weil er ihm einmal, das eine Mal von den beiden, die er ihn überhaupt gesehen hatte, in Montalmo begegnet war. So verbrannte sich Rosello schließlich die Flügel an Lauranas Verdacht. Und er konnte einem beinahe leid tun.

Am Nachmittag des nächsten Tages fuhr Laurana mit dem Autobus nach Montalmo. Dort lebte ein Studienfreund von ihm, der ihn schon mehrmals aufgefordert hatte, ihn doch zu besuchen und sich Ausgrabungsfunde anzuschauen, die kürzlich ans Tageslicht gekommen waren, sehr interessante Dinge aus dem antiken Sizilien.

Montalmo war ein hübscher Ort, freundlich, schön angelegt, mit geraden Straßen, die strahlenförmig von einem noch völlig barocken Platz ausgingen. Sein Freund wohnte in einem Palazzo an diesem Platz, einem großen Palazzo, dessen Sandsteinfassade leuchtete, als sei sie geronnener Sonnenschein, dessen Inneres aber um so düsterer war.

Der Freund war nicht zu Hause. Er hielt sich gerade an den Fundstellen auf, über die er die ehrenamtliche Aufsicht führte. Die alte Dienstmagd sagte ihm das durch den schmalen Türspalt, den sie offensichtlich so rasch wie möglich wieder schließen wollte.

Aus dem Innern des Hauses, das mit seinen geöffneten Türen wie eine Theaterdekoration wirkte, erscholl indessen eine gebieterische Stimme: «Wer ist da?»

Die Magd ließ die Tür angelehnt, wandte sich um und rief: «Nichts, jemand, der nach dem Professor fragt.»

«Dann laß ihn doch herein», befahl die Stimme.
«Aber er fragt nach dem Professor, und der Professor ist nicht zu Hause», beharrte die Magd.
«Laß ihn herein, sage ich dir.»
«Du lieber Himmel», stöhnte die Dienstmagd, als solle es eine Katastrophe geben, öffnete die Tür ganz und ließ Laurana eintreten.
Aus der Theaterdekoration mit den offenen Türen kam ein gebeugter alter Mann auf ihn zu, der ein grellfarbiges Plaid um die Schultern trug.
«Sie wollen zu meinem Bruder?»
«Ja, wir sind alte Freunde, Studienfreunde. Er hat mich mehrmals aufgefordert, herzukommen und mir die Ausgrabungen und das neue Museum anzuschauen. Und heute ...»
«Treten Sie bitte ein, er wird bald zurückkommen.» Der Alte wandte sich ab, um den Gast vorbeizulassen, und in diesem Augenblick gab die Dienstmagd Laurana ein Zeichen: Mit der rechten Hand machte sie vor der Stirn eine spiralenförmige Bewegung. Die unmißverständliche Bedeutung dieser Geste ließ Laurana innehalten. Aber ohne sich ihm zuzuwenden, sagte der Mann: «Concetta macht Sie jetzt darauf aufmerksam, daß ich verrückt bin.» Überrascht, aber auch erleichtert, folgte Laurana ihm. Am Ende der Zimmerflucht, in einem Arbeitsraum voll Bücher, Statuen und Amphoren, setzte sich der Mann hinter einen Schreibtisch und forderte Laurana durch einen Wink auf, ihm gegenüber an der anderen Seite des Schreibtisches Platz zu nehmen. Er schob einen Bücherstapel, der wie eine Barrikade zwischen ihnen stand, weg und sagte: «Concetta hält mich für verrückt, und, ehrlich gesagt, nicht nur sie.»

Laurana deutete mit einer Handbewegung seinen Zweifel und seinen Einspruch an.
«Zum Unglück bin ich es in gewisser Hinsicht auch wirklich. Ich weiß nicht, ob mein Bruder Ihnen manchmal von mir erzählt hat. Vielleicht hat er wenigstens erwähnt, daß ich ihn, wie er behauptet, während seines Universitätsstudiums zu knapp gehalten habe. Ich bin Benito, sein älterer Bruder. Mein Name bezieht sich natürlich nicht auf den, an den Sie jetzt denken, wir waren ja beide fast gleich alt... Nach der Einigung Italiens hegte meine Familie republikanische und revolutionäre Gefühle, und ich heiße Benito, weil ein Onkel, er in meinem Geburtsjahr starb, seinerseits in dem Jahr geboren wurde, in dem Benito Juárez Kaiser Maximilian erschießen ließ. Der Tod eines Kaisers war offenbar für meinen Onkel ein nie versiegender Quell der Freude. Das hinderte ihn freilich nicht, bei den Namen die bonapartistische Tradition seiner Familie fortzusetzen. Seit der Revolution von 1820 gab es in unserer Familie keinen Mann, der nicht mit zweitem oder drittem Namen Napoleon, und keine Frau, die nicht Letizia hieß. Tatsächlich heißt mein Bruder Girolamo Napoleone, meine Schwester Letizia, und bei mir verbergen sich hinter Benito Juárez die Namen Giuseppe Napoleone. Dabei kann sich Giuseppe ebensogut auf Mazzini beziehen... Man sollte ja, wenn immer möglich, gleichzeitig zwei Eisen im Feuer haben. In der faschistischen Zeit machte es einigen Eindruck, daß einer Benito hieß und genauso alt war wie der, in dessen Obhut, wie man damals sagte, die Geschicke des Vaterlandes waren, und die Leute waren dermaßen an Mythen gewöhnt, daß sie sich vielleicht einbildeten,

die beiden Namensvettern seien, schon als sie den ersten Zahn bekamen, gemeinsam aufgebrochen, um nach Rom zu marschieren ... Sind Sie Faschist?»
«Nein, ganz und gar nicht.»
«Bitte, nehmen Sie mir die Frage nicht übel, aber ein bißchen sind wir doch alle Faschisten.»
«Tatsächlich?» fragte Laurana belustigt und verärgert.
«Aber gewiß ... Und ich gebe Ihnen gleich ein Beispiel dafür. Ich habe erst vor kurzem eine schwere Enttäuschung erlebt: Peppino Testaquadra, mein alter Freund, der die besten Jahre seines Lebens von 1927 bis 1943 im Kerker und in der Verbannung verbracht hat und der einem an die Gurgel spränge oder einen auslachte, wenn man ihn einen Faschisten nennen wollte, ist auch einer.»
«Ein Faschist, sagen Sie? Testaquadra ein Faschist?»
«Kennen Sie ihn?»
«Ich habe ihn reden hören und lese seine Artikel.»
«Und natürlich schließen Sie aus seiner Vergangenheit und aus dem, was er sagt und schreibt, daß man schon sehr bösartig oder verrückt sein muß ... Nun ja, verrückt vielleicht, wenn wir die Verrücktheit als eine Art Freihafen der Wahrheit betrachten wollen. Aber bösartig auf keinen Fall ... Er ist einer meiner ältesten Freunde, aber ein Faschist, daran ist nichts zu ändern. Er hat sich sein vielleicht gar nicht mal bequemes Plätzchen an der Macht gesichert, und von diesem Plätzchen aus fängt er nun an, das Staatsinteresse von dem des Bürgers, das Recht seiner Wähler von dem seiner Gegner und Opportunität von Gerechtigkeit zu unterscheiden. Meinen Sie nicht, daß man ihn wirklich einmal fragen sollte, warum er eigentlich Kerker und

Verbannung auf sich genommen hat? Und meinen Sie nicht, daß wir so boshaft sein dürfen zu denken, daß er damals auf dem falschen Weg gewesen ist und daß er, wenn Mussolini ihn gerufen hätte...»
«Das ist wirklich boshaft», betonte Laurana.
«Daran können Sie die Enttäuschung und den Kummer ermesssen, die mir Peppino nicht nur als Freund, sondern auch als seinem Wähler bereitet hat.»
«Sie wählen Testaquadras Partei?»
«Nicht seine Partei... Das heißt, natürlich doch seine Partei, aber erst in zweiter Linie. Wie alle hier. Es gibt Leute, die bindet eine Unterstützung, eine Schüssel Spaghetti, ein Waffenschein oder ein Paß an einen Politiker; und andere, wie mich, binden persönliche Hochachtung, Freundschaft und Respekt. Und denken Sie nur daran, welch großes Opfer es für mich bedeutet, das Haus zu verlassen.»
«Gehen Sie nie aus?»
«Nein, seit vielen Jahren nicht. Zu einer bestimmten Zeit in meinem Leben habe ich eine genaue Berechnung angestellt: Wenn ich mein Haus verlasse, um mit einem einzigen intelligenten, anständigen Menschen zusammenzukommen, dann riskiere ich, durchschnittlich zwölf Dieben und sieben Schwachköpfen zu begegnen, die nur darauf warten, mir ihre Meinung über die Menschheit, die Regierung, die Stadtverwaltung und Moravia mitzuteilen. Finden Sie, daß das die Mühe lohnt?»
«Nein, gewiß nicht.»
«Und dann fühle ich mich zu Hause außerordentlich wohl, besonders in diesem Zimmer.» Er zeigte auf die Bücher ringsum.

«Eine schöne Bibliothek», sagte Laurana.

«Nicht daß ich nicht auch hier Dieben und Schwachköpfen begegnete ... Ich spreche jetzt, wohlgemerkt, von Schriftstellern, und nicht von Besuchern. Aber die werde ich leicht los, ich brauche sie nur dem Buchhändler zurückzugeben oder dem ersten besten Idioten zu schenken, der mich hier aufsucht.»

«Es gelingt Ihnen also, auch wenn Sie zu Hause bleiben, nicht völlig, den Idioten aus dem Weg zu gehen.»

«Nein, das nicht, aber hier drinnen ist es doch etwas anderes, hier fühle ich mich sicherer und habe größeren Abstand. Ja, es ist ähnlich wie im Theater, und das macht mir sogar Spaß. Von hier aus gesehen, kommt mir überhaupt alles, was im Ort geschieht, Hochzeiten, Beerdigungen, Streitigkeiten, Abreisen und Ankünfte, wie Theater vor. Denn ich weiß alles, ich höre alles, ich erfahre alles, und zwar vervielfältigt und von unzähligen Echos verstärkt.»

«Ich habe jemanden aus Montalmo kennengelernt», unterbrach in Laurana, «an dessen Namen ich mich nicht erinnern kann: groß, mit breitem, dunklem Gesicht; er trägt eine Brille, wie die Amerikaner sie haben. Eine Art Kurfürst für den Abgeordneten Abello ...»

«Sie sind Lehrer?»

«Ja», antwortete Laurana, und Don Benitos plötzliches, eisiges Mißtrauen ließ ihn erröten, als verbärge er sich hinter einem falschen Namen.

«Und wo haben Sie den Mann aus Montalmo kennengelernt, dessen Namen Sie vergessen haben?»

«Vor ein paar Tagen auf der Treppe im Gericht.»

«War er zwischen zwei Carabinieri?»

«Aber nein, er war in Begleitung des Abgeordneten Abello und eines meiner Bekannten, eines Rechtsanwalts.»
«Und von mir wollen Sie wissen, wie er heißt?»
«Nicht daß ich das unbedingt wissen möchte...»
«Wollen Sie seinen Namen wissen, ja oder nein?»
«Ja.»
«Und warum?»
«Aus reiner Neugierde. Der Mann hat eben Eindruck auf mich gemacht.»
«Der ist auch nicht ohne», sagte Don Benito und lachte.
Er lachte, bis er nicht mehr konnte, bis ihm die Tränen kamen. Dann beruhigte er sich und trocknete sich die Augen mit einem großen roten Taschentuch. Der ist verrückt, dachte Laurana, der ist wirklich verrückt.
«Wissen Sie, warum ich lache?» fragte Don Benito. «Ich lache über mich selbst und über meine Angst. Denn ich muß gestehen, daß ich Angst hatte. Ich, der ich mich für einen freien Mann in einem Ort halte, der nicht frei ist, habe einen Augenblick lang wieder die alte Angst gespürt, zwischen den Verbrecher und seinen Verfolger zu geraten. Aber selbst wenn Sie von der Polizei sein sollten...»
«Das bin ich nicht. Ich habe Ihnen doch schon gesagt, ich bin Lehrer, ein Kollege Ihres Bruders.»
«Was veranlaßt Sie dann, Raganà aufzustöbern?» Wieder lachte er, dann erklärte er: «Ich frage aus Vorsicht, nicht aus Angst. Aber meine Antwort haben Sie ja schon.»
«Der Mann heißt Raganà und ist ein Verbrecher.»

«Genau das, einer von den nicht vorbestraften, angesehenen, unantastbaren Verbrechern.»
«Glauben Sie, daß er auch heute noch unantastbar ist?»
«Das weiß ich nicht. Wahrscheinlich wird auch er eines Tages verhaftet. Italien ist ja ein glückliches Land: Wenn man beginnt, unsere sizilianische Mafia zu bekämpfen, dann bedeutet das nur, daß es längst eine mächtigere Mafia gibt. So etwas habe ich schon vor vierzig Jahren erlebt. Und wenn sich etwas in der Geschichte, im Großen oder im Kleinen, wiederholt, dann wird es eine Farce, mag es ursprünglich auch eine Tragödie gewesen sein. Beunruhigend finde ich das dennoch.»
«Aber was hat das mit meinem Problem zu tun?» unterbrach ihn Laurana. «Vor vierzig Jahren, darin stimme ich sogar mit Ihnen überein, hat eine große Mafia versucht, eine kleine plattzuwalzen. Aber heute, ich bitte Sie . . . Meinen Sie etwa, daß es heute genauso ist?»
«Nicht genauso . . . Aber ich will Ihnen eine Geschichte erzählen, deren Inhalt Ihnen sicherlich bekannt ist. Ein großes Unternehmen beschließt, oberhalb eines dichtbevölkerten Gebietes einen Staudamm zu bauen. Etwa ein Dutzend Abgeordnete, die sich auf das Gutachten von Sachverständigen stützen, verlangen, daß der Damm nicht gebaut wird, weil er für das talwärts liegende Gebiet eine Gefahr bedeute. Die Regierung läßt den Damm trotzdem bauen, später, als er fertig ist und benutzt wird, machen sich die ersten Anzeichen einer drohenden Gefahr bemerkbar. Nichts geschieht. Nichts, bis die Katastrophe eintritt, die eini-

ge Leute vorausgesehen haben. Ergebnis: zweitausend Tote. Zweitausend, das sind mehr, als sämtliche Leute wie Raganà in zehn Jahren umbringen können. Und ich wüßte Ihnen ein Reihe anderer Geschichten zu erzählen, die Sie aber ohnehin kennen.»
«Dieser Vergleich hinkt doch. Außerdem meine ich, daß Ihre Geschichten etwas Apologetisches haben. Sie ziehen Angst und Schrecken nicht in Betracht.»
«Glauben Sie, daß die Einwohner von Longarone beim Anblick des Staudamms keine Angst hatten?»
«Das ist doch nicht dasselbe. Ja, ich gebe zu, das war eine schlimme Sache...»
«Die man ebensowenig bestraft wie die schönsten und typischsten Verbrechen, die hier begangen werden.»
«Aber wenn es endlich gelingt, diesen Raganà und alle seinesgleichen, die wir kennen, trotz der Protektion, die sie genießen, dingfest zu machen, dann sind wir meiner Meinung nach einen guten, einen bedeutenden Schritt vorangekommen.»
«Glauben Sie das wirklich? Bei der jetzigen Lage der Dinge?»
«Bei welcher Lage?»
«Eine halbe Million Auswanderer, fast die ganze erwerbsfähige Bevölkerung; eine völlig vernachlässigte Landwirtschaft; Schwefelgruben, die bereits stillgelegt sind, und Salzbergwerke, die demnächst stillgelegt werden; die Sache mit dem Erdöl, die ein Witz ist; Regionalbehörden von erschreckender Verantwortungslosigkeit; eine Regierung, die uns im eigenen Saft schmoren läßt. Wir gehen unter, mein Freund, wir gehen unter... Sizilien, dieses Korsarenschiff, buntbeflaggt in Guttusos Farben, mit seinem hübschen Leo-

parden als Galionsfigur, mit seinen Mafiabossen, denen die Regierung das Opferbringen überläßt, mit seinen engagierten Schriftstellern, seinen Malavoglia, seinen Percolla, mit seinen verstiegenen Denkern und seinen Narren, mit seinen Mittags- und Nachtgespenstern, mit seinen Orangen, seinem Schwefel und seinen Leichen an Bord, dieses Schiff sinkt, lieber Freund, es sinkt! Und während uns beiden das Wasser bereits bis an die Knie reicht, beschäftigen wir uns, ich als Narr und sie vielleicht sogar ernsthaft, mit Raganà und wollen wissen, ob er hinter seinem Abgeordneten ins Meer gesprungen oder zusammen mit den Todgeweihten an Bord geblieben ist.»

«Das sehe ich aber ganz anders», entgegnete Laurana.

«Ich im Grunde auch», sagte Don Benito.

XIII

«Welches Tier hält den becco* unter der Erde?» fragte Arturo Pecorilla schon auf der Schwelle.

Fast jeden Abend hielt der junge Pecorilla seinen Einzug im Klub mit einem Feuerwerk von Witzen, Wortspielen und Kalauern, die er frisch-fröhlich aus Zeitungen, Almanachen und den von ihm besuchten Varietévorstellungen in der Kreisstadt übernahm. Wenn allerdings sein Vater zugegen war, dann vollzogen sich seine Auftritte etwas zurückhaltender und gedämpfter. Denn der Notar Pecorilla sah zwar ein,

*Schnabel, Hahnrei.

daß jemand, der einem Nervenzusammenbruch nahe war (was sein Sohn von sich behauptete, um zu erklären, warum er die Universität schwänzte), heiterer Gesellschaft bedurfte, aber er mißbilligte es, wenn diese Heiterkeit von dem Betreffenden selbst ausging. Diese Meinung wurde zwar von den Ärzten nicht geteilt, aber der Notar hielt unerschütterlich daran fest, und sein Sohn mußte sie notgedrungen respektieren.

An diesem Abend war der Notar nicht im Klub, deshalb schoß sein Sohn schon an der Tür seine Scherzfragen ab.

Jene, denen die Tierwelt am vertrautesten war, die Jäger also, tippten auf die Schnepfe und den Ameisenbär. Weniger gut Bewanderte versuchten es mit so ausgefallenen Tieren wie Kranichen, Störchen, Straußen und Kondoren.

Der junge Pecorilla ließ sie ein Weilchen raten, dann gab er triumphierend die Lösung zum besten: «Die Witwe.»

Dem Lachen, mit dem das aufgenommen wurde, folgten drei Reaktionen. Oberst Salvaggio fuhr aus seinem Sessel hoch und fragte in einem Ton, der einen bevorstehenden Wutausbruch verhieß: «Soll das auch für die Kriegerwitwen gelten?»

«Davor werde ich mich hüten», antwortete der junge Mann, und der Oberst ließ sich wieder in seinen Sessel sinken.

«In Ihrer Frage war eine sprachliche Unrichtigkeit», bemerkte der Buchhalter Piranio. «Sie haben das Verb halten statt haben gebraucht, eine aus dem Spanischen übernommene neapolitanische Sprachgewohnheit.»

«Da haben Sie recht», sagte Arturo Pecorilla, der nicht

diskutieren wollte, da er es eilig hatte, einen nagelneuen Witz zu erzählen.
Ganz abwegig, zerstreut und höchst unvorsichtig reagierte dagegen Don Luigi Corvaia. «Wer weiß», sagte er wie in Gedanken, «ob Doktor Roscios Witwe wieder heiraten wird?»
«Hat die denn auch ihren becco unter der Erde?» fragte der junge Pecorilla mit jenem Mangel an Takt, der ihn überhaupt auszeichnete.
«Du benimmst dich doch immer wie ein Elefant im Porzellanladen», brüllte Don Luigi ihn rot vor Wut an. Das Bewußtsein, etwas Ungehöriges gesagt zu haben, war der eigentliche Grund dieses Zorns, aber nun mußte der junge Pecorilla, dieser Taugenichts, diesen Fehler auch noch so deutlich unterstreichen, daß alle aufmerksam wurden. Über so delikate und gefährliche Dinge riß der Witze.
«Ich habe das, was ich gesagt habe», erklärte Don Luigi und zwang sich dabei zur Ruhe, «ganz unbewußt gesagt. Ich hörte das Wort Witwe, und da kam mir dieser Gedanke. Aber du, der du weder vor den Lebenden noch vor den Toten Respekt hast...»
«Ich habe doch nur einen Scherz gemacht», entschuldigte sich der junge Mann. «Hat etwa jemand nicht verstanden, daß es ein Scherz war? Ich hätte mir doch nie erlaubt...»
«Es gibt Dinge, über die scherzt man nicht. Wenn ich mich hier im Freundeskreis frage, was einmal aus der Witwe unseres armen Freundes Roscio werden soll, dann kannst du versichert sein, daß das in der respektvollsten Weise geschieht. Im übrigen ist die Tugend dieser Dame hier ja jedermann bekannt.»

«Aber gewiß. Selbstverständlich», wurde ihm im Chor geantwortet, und Don Luigi fuhr fort: «Aber Frau Luisa ist noch so jung und, sprechen wir es ruhig offen aus, so schön, daß einen – so meine ich zumindest – der Gedanke schmerzlich berührt, sie könnte für immer in Kummer und Leid versinken.»
«Ach ja», seufzte Oberst Salvaggio, «ein Prachtweib.»
«Aber Sie sind doch längst...» wandte sich Arturo Pecorilla an ihn, dem es bereits leid tat, daß er auf die Frage nach den Kriegerwitwen nicht eingegangen war. Nun wollte er zum Ausgleich den Oberst mit Anspielungen auf dessen Manneskraft zu einem Wutausbruch reizen.
«Längst was?» fragte der Oberst und setzte in seinem Sessel wie ein Panther zum Sprung an.
«Längst...» wiederholte der junge Mann im Ton und mit einer Geste tiefen Bedauerns.
Der Oberst sprang auf. «Ich, lassen Sie sich das gesagt sein, muß noch in meinem Alter trotz meiner zweiundsiebzig Jahre wenigstens einmal täglich...»
«Aber Herr Oberst, Sie sind ja nicht wiederzuerkennen», ermahnte ihn der Buchhalter Piranio streng. «Denken Sie doch an Ihren Ruf und an Ihren Dienstgrad.»
Piranio war nämlich wirklich überzeugt, daß zu einem Oberst Anstand und Würde gehören, darum taten seine Ermahnungen ihre unmittelbare, tiefe Wirkung.
«Sie haben recht», sagte der Oberst, «Sie haben recht. Aber wenn ich auf so unfeine Weise provoziert werde...»
«Hören Sie doch nicht hin», unterbrach ihn Piranio.
Dieser Auftritt wiederholte sich täglich; und wer die

Wutausbrüche des Obersten voll genießen wollte, mußte sich die Abwesenheit Piranios zunutze machen.
Sobald der Oberst wieder in seinem Sessel saß, kam Piranio noch einmal auf die Witwe Roscio zu sprechen.
«Jung und schön, das stimmt. Aber man muß doch auch daran denken, daß sie ein Kind hat, und vielleicht will sie sich ganz diesem Kind widmen.»
«Was heißt das: sich ganz diesem Kind widmen?» mischte sich der Postmeister ein. «Wenn Geld da ist, verehrter Freund, dann gibt es keine derartigen Probleme. Das kleine Mädchen ist mit dem, was sein Vater ihm hinterlassen hat, ausreichend versorgt. Man braucht es nur in ein gutes Internat zu stecken, und schon ist das Problem, daß man sich ihm widmen muß, gelöst.»
«Richtig», bestätigte Don Luigi.
«Aber man muß auch die andere Seite der Angelegenheit sehen», meinte Piranio jetzt, «eine Witwe mit Kind zu heiraten, selbst wenn sie wirtschaftlich gut gestellt ist, das überlegt man sich zweimal.»
«Wirklich? Ist hier jemand, abgesehen von Ihnen, der sich das zweimal überlegen würde? Bei einer solchen Frau? Hals über Kopf würde man das doch tun, ohne auch nur ein halbes Mal zu überlegen», sagte Commendatore Zerillo.
«Donnerwetter», brummte der Oberst.
Von diesem Augenblick an nahm der Respekt vor der Witwe Roscio rapide ab. Der Respekt vor ihrem Körper selbstverständlich, nicht der vor ihrer Tugend. Denn ihre Tugend blieb auf Grund einer vorgefaßten Meinung einzigartig und unantastbar, während ihr nackter Körper und bestimmte Teile desselben ständig

beredet wurden und schließlich Perspektiven annahmen, wie sie der Fotograf Brandt auf so bestürzende Weise zu entfalten versteht. Dieser Mangel an Respekt ging so weit, daß der Oberst sich wie ein Säugling an ihre Brust klammerte und es Piranios ganzer Autorität und des Hinweises auf glorreiche historische Ereignisse bedurfte, um ihn wieder davon loszureißen.

Laurana sagte kein Wort. Fast immer hörte er im Klub belustigt dem endlosen Gerede über die Frauen zu. So ein Abend war für ihn wie die Lektüre eines Buches von Pirandello oder von Brancati, je nach den Themen und der Stimmung der Unterhaltung; häufiger war es freilich, ehrlich gesagt, wie bei Brancati. Deshalb besuchte Laurana den Klub regelmäßig, er war für ihn etwas wie ein täglicher kleiner Urlaub.

Das Gerede über Frau Roscio verwirrte ihn und rief widerstreitende Gefühle in ihm wach. Er war empört und zugleich fasziniert. Mehrmals wollte er fortgehen oder seiner Entrüstung Ausdruck verleihen. Doch das Ungehörige und Bösartige dieses Geredes, mehr aber noch ein schmerzliches Gefühl, das der Eifersucht nicht unähnlich war, fesselten ihn und zwangen ihn zu bleiben.

Nach diesem erotischen Zwischenspiel kam man auf ein Thema, das Commendatore Zerillo das Kronprinzenthema nannte, das heißt, man sprach von den Junggesellen zwischen dreißig und vierzig, jenen gutaussehenden Akademikern mit tadellosem Charakter, die sich mit einiger Aussicht auf Erfolg um Bett und Vermögen der Witwe Roscio bewerben konnten. Und jemand nannte vielleicht mehr aus Höflichkeit als aus Überzeugung auch Lauranas Namen, und Laurana

errötete und verwahrte sich dagegen, als gälte es ein Kompliment abzuwehren.
Schließlich fand Don Luigi Corvaia eine Lösung des Problems.
«Was überlegt ihr denn so lange», sagte er. «Wenn Frau Luisa wirklich eines Tages wieder heiraten will, dann hat sie den richtigen Mann dafür doch in der eigenen Familie.»
«Und wer soll das sein?» fragte der Oberst so drohend, als wollte er im nächsten Augenblick einen Blitz auf den Auserwählten schleudern.
«Wer soll es schon sein? Ihr Vetter, unser Freund Rosello.» Gerade wenn Don Luigi am bösartigsten war, vergaß er nie, die Opfer seiner Freundschaft zu versichern.
«Was, diese Kirchenmaus?» fragte der Oberst und spuckte mit gewohnter Zielsicherheit aus drei Meter Entfernung in den weißen Emailnapf.
«Ja, genau der.» Don Luigi lächelte und sonnte sich an der eigenen Weitsicht. «Genau der.»
Dieser Gedanke beunruhigte Laurana schon seit einigen Tagen. Während Don Luigi Corvaia jetzt nur aus Klatschsucht und Lust am bösen Gerede auf ihn gekommen war, sah Laurana darin das einzig mögliche Motiv für das Verbrechen. Nicht damit zu vereinbaren oder jedenfalls schwer zu deuten, dunkel und widersprüchlich blieb allerdings die Tatsache, daß Roscio mit Hilfe des kommunistischen Abgeordneten heimlich versucht hatte, Rosello einen vernichtenden Schlag zu versetzen. Es gab nämlich zwei Möglichkeiten: Entweder hatte Roscio seine Frau und ihren Vetter, wie es in polizeilichen Protokollen heißt, in fla-

granti ertappt, oder Roscio hatte nur einen – allerdings begründeten – Verdacht. Im ersten Fall hätte er sich recht sonderbar verhalten: Er hätte gesehen, wie die Dinge lagen, hätte dem Liebhaber seiner Frau kaltblütig seine Absicht mitgeteilt, ihn zu ruinieren, und ihm dann den Rücken gekehrt; und während er seine Rache vorbereitete, wären seine Beziehungen zu dem Mann, den er haßte, unverändert geblieben. Im zweiten Fall bedurfte hingegen die Tatsache noch einer Erklärung, wie Rosello erfahren hatte, daß Roscio etwas gegen ihn im Schilde führte. Gewiß, eine dritte Hypothese war denkbar: daß nämlich Frau Luise ohne ihre Schuld von dem Vetter umworben und bedrängt wurde, daß sie das ihrem Mann mitgeteilt oder er es selbst bemerkt hatte. Aber in diesem Fall wäre Roscio der Treue seiner Frau sicher gewesen und hätte sich darauf beschränkt, seine Beziehungen zu Rosello auf ein anderes Gleis zu bringen oder abzubrechen. Seine Toleranz und sein Verständnis für die menschlichen Leidenschaften hätten nicht so sehr umschlagen können, daß er sich für die keineswegs irreparable Beleidigung, die ja im Grunde erst versucht worden war, auf irreparable Weise rächen wollte.

Allerdings mußte man auch berücksichtigen, daß er zu dem Abgeordneten nur gegangen war, um dessen Empfänglichkeit für die Denunziation zu sondieren. Damals hatte er sich noch nicht zur Rache entschlossen, ja er hatte ausdrücklich gesagt, er müsse noch entscheiden, ober er ihm alles oder nichts sagen wolle, je nachdem ... Je nachdem? Je nachdem, ob Rosello unter dem Druck dieser Drohung sein Verhalten änderte? Hatte er also seine Drohung offen ausgesprochen und seine Bedingungen gestellt? Dann mußte man auf die erste Hypothese zurückkommen, auf das eher sonderbare, an festländisches High life und Film erinnernde Benehmen eines betrogenen, aber in seine Frau verliebten Ehemannes, der fest entschlossen war, sie zu halten. Und obwohl Laurana ein von Leidenschaften, vor allem von den Leidenschaften der Selbst- und der Ehrsucht beherrschtes Leben scharf verurteilte, konnte er doch nicht übersehen, daß es dieser Hypothese an Respekt vor Roscios Andenken gebrach, und darum bemühte er sich sehr, Gegenargumente zu finden und von ihr loszukommen. Aber wie man die Sache auch drehte und wendete, alles blieb zweideutig und mißverständlich, auch wenn das Verhältnis von Ursache und Wirkung, die Beziehungen zwischen den Hauptpersonen und die Bedeutung der ihm bisher bekannten Tatsachen für den Hergang des Verbrechens noch nicht vollständig geklärt waren. Und in diese Zweideutigkeit und Mißverständlichkeit fühlte er sich moralisch und sinnlich einbezogen.

XIV

Wenn ein Prozeß auf Grund dreier mehr oder minder stichhaltiger Indizien und eines Motives, von dem fast anzunehmen war, daß es auf Verleumdung beruhte, mit einer Verurteilung geendet hätte, dann wäre das für Laurana eine Bestätigung seiner gefühlsmäßigen und philosophisch untermauerten Abneigung gegen die Justiz und das Prinzip gewesen, von dem sie sich herleitete. Aber die drei Indizien, die er erwog und zu ordnen versuchte, und das Motiv, das sich nur unklar abzeichnete, schienen ihm jetzt keinen Zweifel an Rosellos Schuld mehr zuzulassen.

Demnach hatte der Pfarrer von Sant'Anna recht, als er sagte, daß Rosello zwar ein Dummkopf sei, aber ein raffinierter. Und entsetzlich raffiniert hatte er, nach einem Schema, das in der Kriminalgeschichte nicht mehr ganz neu war, sein Verbrechen vorbereitet. Dabei hatte er aber nicht auf die Zeitung geachtet, aus der er die Wörter für die Todesdrohung ausgeschnitten hatte, weil für ihn der «Osservatore Romano», den er zu Hause und in den Kreisen, in denen er verkehrte, ständig herumliegen sah, eine Zeitung wie jede andere war. Und hier beging er seinen ersten Fehler. Der zweite war, so viel Zeit verstreichen zu lassen, daß Roscio sich umtun und mit anderen sprechen konnte. Aber dieser Fehler war vielleicht nicht zu vermeiden, denn man kann nicht von heute auf morgen ein Verbrechen ersinnen und seine Ausführung planen. Und drittens: Er ließ sich in Begleitung des Mörders sehen, während die «Branca»-Zigarre bei den Ermittlungen und in den Zeitungsberichten noch Leitmotiv war.

Natürlich ist es zweierlei, im stillen von der Schuld eines Menschen überzeugt zu sein oder einer solchen Überzeugung schwarz auf weiß durch eine Anzeige oder ein Urteil Ausdruck zu geben. Aber vielleicht, dachte Laurana, finden Polizei oder Gericht in der physischen Anwesenheit des Verdächtigen oder Angeklagten grundlegende Anhaltspunkte für ihre Überzeugung oder ihr Urteil, in seinem Verhalten, seinen Blicken, seinem Zögern, seinem Zusammenzucken und seinen Worten. Von all diesen Dingen erfährt man aus den Zeitungsberichten nur wenig. Und gerade sie waren es, die ihn von Rosellos Schuld überzeugten. Zwar gibt es bekanntlich Fälle, in denen Unschuldige sich wie Schuldige benehmen und dadurch ihr Verderben heraufbeschwören. Und Italiener verhalten sich unter dem Auge eines Polizisten, eines Zöllners oder eines Carabiniere fast stets wie Schuldige. Aber er, Laurana, hatte nichts mit dem Gesetz zu tun, er stand denen, die mit der Autorität des Gesetzes ausgestattet sind, ferner als Mars der Erde, ja, Polizisten und Richter kamen ihm wie Bewohner eines fremden Planeten vor, die nur dann und wann im menschlichen Schmerz und Wahnsinn Gestalt annahmen.

Seit dem Tag, an dem Laurana den Anwalt nach dem Mann gefragt hatte, der mit ihm die Treppe im Gerichtsgebäude heruntergekommen war, hatte Rosello den Kopf verloren. Er ging ihm möglichst aus dem Wege, und wenn es ihm nicht gelang, rechtzeitig um eine Ecke zu biegen oder zu tun, als sähe er ihn nicht, grüßte er ihn kaum. Dann wieder hängte er sich an ihn, bekundete ihm seine Sympathie, bot ihm seine Dienste an und wollte sich für ihn bei hohen Beamten, Staatssekretären und Ministern verwenden. Und wenn Laurana diese Sympathiekundgebungen verlegen und steif aufnahm und erklärte, er bedürfe keiner Empfehlungen bei den Gewaltigen der Schulverwaltung, dann wurde Rosello mißtrauisch und grob. Er dachte vielleicht, Laurana erwidere seine Freundschaftsbezeigungen nicht und wolle von den ihm angebotenen Diensten nicht Gebrauch machen, weil er – heute eine Seltenheit – als anständiger Mensch einen Verbrecher verachtete oder vielleicht sogar die Absicht hatte, dem Wachtmeister oder dem Kommissar seinen Verdacht mitzuteilen und ihn damit mehr oder weniger unmittelbar den Untersuchungsbehörden zur Kenntnis zu bringen. Solche Absichten lagen Laurana indessen völlig fern, ja es bedrückte und bekümmerte ihn geradezu, daß Rosello ihm dergleichen zutraute. Weniger aus Angst, die ihn gelegentlich bei dem Gedanken an das Ende des Doktors und des Apothekers beschlich und ihn – möglicherweise ganz mechanisch – zu Vorsichtsmaßnahmen veranlaßte, um nicht ebenso zu enden wie die beiden Jäger, als aus uneingestandener Selbstgefälligkeit wies er den Gedanken weit von sich, er trage dazu bei, die Schuldigen ihrer gerechten Strafe zuzuführen. Was er empfand, war eine rein menschliche, intellektuelle Neugierde, nicht zu verwechseln mit der Neugierde derer, denen Gesellschaft oder Staat ein Gehalt dafür zahlen, daß sie Gesetzesübertreter und Gesetzesbrecher aufspüren und der Rache des Gesetzes überantworten. Und diese uneingestandene Selbstgefälligkeit hatte etwas mit der jahrhundertelangen Schande zu tun, die ein geknechtetes und immer besiegtes Volk dem Gesetz und denen anlastete, die seine Werkzeuge waren, und mit der noch immer lebendigen Überzeugung, daß für den, der wirklich Wert auf Recht und Gerechtigkeit legt und sie nicht dem Schicksal oder Gott überlassen will, eine Jagdflinte das beste Mittel ist, sich dieses Recht und diese Gerechtigkeit zu verschaffen.

Zugleich aber waren ihm seine unfreiwillige Komplizenschaft und seine – wenn auch uneigentliche und distanzierte – Solidarität mit Rosello und dem Mörder höchst unbehaglich. Trotz seiner moralischen Entrüstung und seinem Abscheu neigte er nämlich dazu, ihnen Straffreiheit zuzubilligen und jene Sicherheit wiederzuverschaffen, die sie in letzter Zeit auf Grund seiner Neugierde zweifellos eingebüßt hatten. Aber durfte die Rosello zugebilligte Straffreiheit so weit gehen, daß er den Platz des Opfers an der Seite jener Frau einnahm, die in Lauranas Herzen wie in einem Labyrinth aus Leidenschaft und Tod in schamloser Schönheit erstrahlte? Und hier wurden sogar Sinnlichkeit und Begehren zweideutig: Auf der einen Seite empfand er eine unbegründete, sinnlose Eifersucht, in die alle Versäumnisse, Schüchternheiten und Zurücksetzungen seines Lebens hineinspielten, auf der anderen Seite eine tiefe Erregung, etwas wie die Befriedigung einer voyeurhaften Lust. Aber alle diese Empfindungen waren sehr verschwommen; wie geblendet und im Fieberwahn, nahm sein Bewußtsein sie nur hin und wieder wahr.

Und darüber verging der ganze Oktober.

Anfang November, als Allerseelen und Siegesfest Laurana vier schulfreie Tage bescherten, entdeckte er nicht nur, daß die Unfähigkeit, zu Hause zu bleiben, die Wurzel allen Übels ist, sondern auch, daß sich zu Hause ungeahnte Arbeitsmöglichkeiten und die Entzückungen wiederholter Lektüre boten. Am Morgen des zweiten November begleitete er seine Mutter auf den Friedhof, und als sie sich an den Gräbern ihrer Toten überzeugt hatten, daß die von ihnen bestellten und bezahlten Blumen und Lichter auch tatsächlich dort waren, wollte seine Mutter wie jedes Jahr einen Rundgang über den Friedhof machen, um an den

Gräbern von Freunden und Verwandten ein Gebet zu sprechen. Als sie an die Familiengruft der Rosellos herantraten, sahen sie dort Frau Luisa, elegant verschleiert, betend auf einem Samtkissen vor der Marmorplatte knien, auf der der Name ihres Mannes stand, «den Seinen durch ein tragisches Schicksal entrissen»; in der Mitte war ein Emailbild angebracht, auf dem der arme Roscio zwanzig Jahre jünger aussah und ein zugleich entsetztes und schmerzliches Gesicht machte. Frau Luisa erhob sich und begrüßte die beiden. Sie erklärte, sie habe dieses Jugendbildnis ihres Mannes ausgesucht, weil er darauf genauso aussehe wie zu der Zeit, als sie einander kennengelernt hatten, und erläuterte dann den Stammbaum all der in der Kapellenwand eingemauerten Toten, und wie sie mit ihr, der Lebenden, verwandt und verschwägert seien. Mit ihr, der dieses Leben nichts mehr bedeute, wie sie hinzufügte. Sie seufzte und trocknete unsichtbare Tränen. Die alte Frau Laurana sprach ihr Gebet. Als sie sich verabschiedeten, kam es Laurana vor, als drückte ihm Frau Luisa besonders lange und absichtsvoll die Hand, während in ihren Augen ein flehender Blick aufblitzte. Er stellte sich vor, daß ihr Vetter und Liebhaber ihr alles erzählt hatte und daß sie ihm deshalb Schweigen anempfahl. Das verwirrte ihn, weil es bedeutete, daß sie mitschuldig war.

Schweigen brauchte man ihm indessen nicht eigens anzuempfehlen. Vielmehr entsprang sein Entschluß, jetzt abends immer zu Hause zu bleiben, dem Wunsch, zu vergessen und vergessen zu werden und so Rosello die Sicherheit und die Freiheit zurückzugeben, die ihm in letzter Zeit abhanden gekommen waren. Und nicht nur ihm, sondern auch Frau Luisa, die ja schreckliche Angst haben mußte, wenn sie sich zu diesem makabren Eifer zwang und stundenlang am Grab ihres Mannes kniete und darauf wartete, daß ein zufälliger Besuch ihr aufzustehen erlaubte. Auf diese Bewegung lauerte, wie Laurana bemerkt hatte, eine Gruppe übler Burschen, denn ihr enges schwarzes Kleid, das bereits, während sie reglos kniete, um Sammlung und Gebet vorzustellen, die Nacktheit einer fülligen und hingebungsbereiten, von Delacroix gemalten Odaliske ahnen ließ, entblößte, wenn sie sich erhob, über dem straff sitzenden Strumpf zwangsläufig das Weiß eines Schenkels. Ein schreckliches Volk, dachte Laurana verächtlich und nicht ohne einen Funken Eifersucht und überlegte, daß es überall auf der Welt, wo ein Rocksaum ein paar Zentimeter über ein Knie hinaufrutschte, im Umkreis von dreißig Metern bestimmt auch einen – wenigstens einen – Sizilianer gab, der dieses Phänomen erspähte. Dabei ließ er ganz außer acht, daß auch er begierig wahrgenommen hatte, wie das weiße Fleisch zwischen all dem Schwarz aufblitzte, und daß er die Gruppe übler Burschen nur bemerkte, weil er derselben Rasse angehörte.

Auf seinen Arm gestützt, flüsterte ihm seine Mutter beim Weitergehen zu, die Witwe Roscio werde wohl nicht lange mit ihrer Wiederverheiratung warten.

«Warum denn?» fragte er.

«Weil das Leben halt so ist. Und so jung, so schön . . .»

«Hast du vielleicht wieder geheiratet?»

«Ich war schließlich nicht mehr ganz jung, und schön bin ich nie gewesen», sagte die Alte seufzend.

Das war Laurana unangenehm, beinahe widerlich.

Merkwürdig, dachte er, wie tierisch lebendig man sich bei so einem Spaziergang über den Friedhof fühlt. Vielleicht liegt es auch am Wetter. Denn der Tag war ausnehmend schön und warm, und von Wurzeln und Erdboden stieg modriger, aber angenehmer Geruch auf, mit dem sich auf dem Friedhof der Duft von wilder Minze, Rosmarin und Nelken und in der Nähe der reichsten Gräber von Rosen mischte.
«Und wen sollte sie deiner Meinung nach heiraten?» fragte er ein wenig gereizt.
«Natürlich ihren Vetter, den Rechtsanwalt Rosello», sagte die Alte, blieb stehen und sah ihn forschend an.
«Warum denn ausgerechnet den?»
«Sie sind doch zusammen im selben Haus aufgewachsen, sie kennen sich gut, und sie brächten durch ihre Ehe einen alten Besitz wieder zusammen.»
«Und das hältst du für ausreichende Gründe? Ich fände das eher unanständig, und zwar gerade, weil sie im selben Haus aufgewachsen sind.»
«Weißt du, was man sagt? Dreierlei sei gefährlich: Gevattern, Vettern und Schwäger. Die ärgsten Liebesgeschichten kommen meist zwischen Verwandten vor.»
«Hat es denn da eine Liebesgeschichte gegeben?»
«Wer weiß das schon? Jedenfalls hieß es früher, als sie noch jung und immer beisammen waren, sie seien ineinander verliebt. Kindereien, natürlich ... Dem Dekan mißfiel das, und er sann auf Abhilfe. Ich kann mich nicht mehr genau erinnern, aber damals wurde darüber geredet.»
«Und warum sann er auf Abhilfe? Wenn sie verliebt waren, konnte er doch eine Ehe daraus werden lassen.»

«Du hast doch eben selbst gesagt, daß du das unanständig fändest, und genau dieser Meinung war der Dekan auch.»

«Unanständig fand ich es, weil du nicht von Liebe gesprochen, sondern als Gründe für eine mögliche Ehe die Tatsache genannt hast, daß sie zusammen im selben Haus aufgewachsen sind, und den Besitz... Aber wenn es sich um Liebe handelte, dann war das etwas anderes.»

«Für eine Vetternehe bedarf es einer kirchlichen Dispens, also liegt ein Schatten von Sünde darauf. Und glaubst du, der Dekan hätte es hinnehmen können, daß eine Liebe, die nicht ganz in Ordnung war, sich ausgerechnet in seinem Haus anbahnte? Das wäre eine Schande gewesen, und der Dekan ist ein sehr gewissenhafter Mann.»

«Und jetzt?»

«Was jetzt?»

«Wenn sie jetzt heiraten, ist es dann nicht dasselbe? Viele Leute werden doch ebenso wie du denken, daß sie sich schon geliebt haben, als sie im Hause des Dekans lebten.»

«Jetzt ist es nicht dasselbe, jetzt ist es beinahe ein Werk christlicher Nächstenliebe. Eine Witwe mit Kind heiraten und den Besitz wieder zusammenbringen...»

«Den Besitz wieder zusammenbringen – ein Werk christlicher Nächstenliebe?»

«Wieso denn nicht? Auch der Besitz bedarf der Liebe.»

Mein Gott, was für eine Religion, dachte Laurana. Im übrigen legte seine Mutter täglich Zeugnis ab für diese Religion des Besitzes, da sie nicht zuließ, daß altes Brot, die Reste von den Tellern und Obst, das schlecht zu werden begann, weggeworfen wurden. «Das kann ich nicht mit ansehen», sagte sie und aß das harte Brot und die angefaulten Birnen. Und wegen dieser Liebe, die sie den Essensresten entgegenbrachte, als flehten sie um die Gnade, Fäkalien werden zu dürfen, bestand hin und wieder die Gefahr, daß es überhaupt nichts Eßbares mehr im Hause gab.

«Und wenn die beiden, die sich schon unter dem Dach des Dekans liebten, sich auch nach der Heirat der Frau weitergeliebt hätten? Und wenn sie dann beschlossen hätten, Roscio aus dem Wege zu räumen?»

«Das kann nicht sein», widersprach die Alte. «Der arme Doktor, das weiß man doch, ist wegen des Apothekers umgekommen.»

«Und wenn nun der Apotheker wegen des Doktors umgekommen wäre?»

«Das kann nicht sein», wiederholte die Alte.

«Na schön, das kann nicht sein. Aber nehmen wir es doch mal für einen Augenblick an. Würdest du das dann auch ein Werk der Nächstenliebe nennen?»

«Da hat man doch schon Schlimmeres erlebt», sagte die Alte, nicht im geringsten ärgerlich. Und in diesem Augenblick waren sie gerade am Grab des Apothekers Manno angelangt, der unter den Flügeln eines Engels auf seinem Emailmedaillon befriedigt über eine gute Jagd lächelte.

XV

Laurana verbrachte die vier freien Tage damit, seine Notizen für den Unterricht in italienischer Literatur und Geschichte zu ordnen und auf den neuesten Stand zu bringen. Er war ein leidenschaftlicher und gewissenhafter Lehrer, deshalb gelang es ihm, bei dieser Arbeit die Angelegenheit beinahe zu vergessen, in die er sich eingemischt hatte. Und wenn er einmal flüchtig daran dachte, dann sah er sie von sich abgelöst, in weiter Ferne, und in ihrer Technik, in ihrer Form und fast auch in ihrer Idee ein bißchen wie eine Geschichte von Graham Greene. Und so gerieten die Begegnung mit Frau Luisa auf dem Friedhof und die Gedanken, die diese Begegnung in ihm ausgelöst hatte, in einen literarischen Umkreis mit Akzenten schwärzester katholischer Romantik.

Aber als er das gewohnte Schulleben wiederaufnahm, das er nach vier freien Tagen um so drückender empfand, entdeckte er zu seiner Überraschung im Autobus nach der Kreisstadt die Witwe Roscio.

Sie saß in der ersten Reihe, die schwarzbestrumpften Beine unmittelbar an der offenen Tür. Der Platz neben ihr war frei. Als Laurana sie grüßte, wies sie mit schüchtern auffordernder Gebärde darauf. Er zögerte. Ein Gefühl der Scham, als werde, wenn er so in der ersten Reihe neben ihr sitze, für alle der Bruch zwischen dem, was er wußte, und seinen aus Verlangen und Abscheu gemischten Gefühlen sichtbar, ließ ihn einen Augenblick lang nach einer Ausrede suchen, um die Aufforderung ablehnen zu können. Er schaute in den hinteren Reihen nach einem Freund, mit dem er etwas besprechen könnte. Aber dort saßen nur Bauern und Schüler, und im übrigen waren alle Plätze schon besetzt. Er nahm also dankend an, und Frau Luisa sagte, es sei ein Glück, daß der Platz neben ihr bis jetzt frei geblieben sei, denn nun werde jemand neben ihr sitzen, mit dem sie sich unterhalten könne, und nur wenn sie sich unterhalte, werde ihr im Autobus nicht schlecht; im Personenauto und im Zug werde ihr nie übel. Dann redete sie vom Wetter, das so schön, vom Altweibersommer, der so sommerlich, von der Olivenernte, die so reich sei, und von dem Onkel Dekan, dem es gar nicht gut gehe ... Zerstreut und flatterhaft wechselte sie fortwährend das Thema und redete so törichtes Zeug, daß ihm die Ohren davon dröhnten. Und Laurana hatte tatsächlich ein Gefühl, als rausche ihm das Blut in den Ohren, wie wenn man von Bergeshöhen plötzlich ins Tal kommt. Nicht daß er gerade aus solchen Höhen herabgestiegen wäre, er war nur noch verschlafen und schlecht gelaunt nach dem frühen Aufstehen und dem dünnen Kaffee, den seine Mutter ihm aufgebrüht hatte. Aber das Dröhnen in den Ohren kam wirklich vom Blut, das sich in ihrer Nähe erhitzte. Und je klarer ihm ihre Verworfenheit und ihre Schlechtigkeit wurden, je schärfer und unbarmherziger er sie verurteilte, um so mehr weckten die füllige Anmut ihres Körpers, ihr Gesicht mit den schmollenden und lockenden Lippen, ihr dichtes Haar und ihr Duft, der etwas von der Schwüle des Bettes und des Schlafes hatte, in ihm ein schmerzliches, ein physisch schmerzhaftes Verlangen.

Merkwürdig war die Tatsache, daß er ihr vor Roscios Tod häufig begegnet war und sich oft mit ihr unterhalten hatte. Eine schöne Frau, dagegen war nichts zu sagen. Aber eine, wie es viele gibt, besonders heute, da die Normen weiblicher Schönheit durch die Leitbilder des Films eine solche Vielfalt und Veränderlichkeit angenommen haben, daß Fülle und Zerbrechlichkeit, das Profil einer Arethusa so gut wie das eines Mopses zu ihrem Recht kommen. Jetzt fehlt nur noch der steinerne Gast, dachte er, denn besonders schön, besonders begehrenswert war sie ihm in Trauerkleidung unter dem vergrößerten Bild ihres Mannes in jenem Salon vorgekommen, wo die halbgeschlossenen Fensterläden, das brennende Licht und die verhangenen Spiegel die Anwesenheit des toten Roscio durch die lebendige Anwesenheit seiner Frau, durch die Jugend, die Fülle und das Selbstbewußtsein ihres Körpers mit düsterem Hohn umgaben. Und dann hatte die Entdekkung des Verbrechens, der Leidenschaft, des Betrugs und der eisigen Bosheit, mit der es geplant worden war, seine Erregung weiter geschürt und kompliziert. Er war der Inkarnation des Bösen in der finsteren und herrlichen Gestalt des Geschlechtlichen begegnet. Und in seinem Taumel erkannte Laurana die Überbleibsel einer lange zurückliegenden Erziehung zur Sünde, zum Festdrehen der Schraube (also wirklich zum «turn of the screw»), zum Entsetzen vor allem Geschlechtlichen, von denen er sich niemals frei gemacht hatte und die ihn um so heftiger bedrängten, je strenger die Übungen der Vernunft waren, denen sein Geist sich unterwarf. Darum fühlte er sich vor allem neben ihr, wenn ihr Körper sich in scharfen Kurven an den seinen schmiegte, wie verdoppelt oder zweigeteilt, und das Märchen von Verdoppelungen oder Zweiteilungen, das ihn in der Literatur immer so beeindruckt hatte, erlebte er jetzt im eigenen Dasein.

Als sie in der Kreisstadt ausstiegen, wußte Laurana nicht, was er tun sollte und ob es richtiger war, sich zu verabschieden oder sie zu begleiten. So blieben sie ein wenig auf dem Platz stehen, dann sagte Frau Luisa, die sich plötzlich nicht mehr so albern wie auf der ganzen Fahrt benahm und sogar härtere Gesichtszüge bekam, sie wolle ihm sagen, warum sie an diesem Tage in die Kreisstadt gefahren sei. «Ich habe entdeckt, daß mein Mann wirklich nach Rom gereist ist, um den Abgeordneten, seinen einstigen Mitschüler, aufzusuchen und ihn um das zu bitten, wovon Sie – Sie erinnern sich doch? – an dem Abend sprachen, als Sie mit meinem Vetter zu mir kamen.» Und bei dem Wort Vetter verzog sie angeekelt das Gesicht.

«Wahrhaftig?» fragte Laurana verwirrt und suchte rasch nach den Motiven für dieses unerwartete Geständnis.

«Ja, ich bin fast durch Zufall daraufgekommen, als ich die Hoffnung schon aufgegeben hatte. Denn auf Grund dessen, was Sie mir damals gesagt haben, sind mir dann so viele Dinge, so viele kleine Dinge eingefallen, daß das, was Sie zufällig erfahren haben, dadurch doch sehr wahrscheinlich wurde. Und darum habe ich gesucht und gesucht. Und schließlich habe ich ein Tagebuch gefunden, das mein Mann ohne mein Wissen geführt und hinter einer Bücherreihe versteckt hatte. Ich fand es, als ich die Hoffnung schon aufgegeben hatte, obgleich mich die Sache noch immer sehr beschäftigte, zufällig, als ich ein Buch aus dem Regal nahm, das ich lesen wollte.»

«Ein Tagebuch, er hatte ein Tagebuch ...»

«Einen jener dickleibigen Kalender, die die Arzneimittelwerke den Ärzten schicken ... Vom ersten Januar an hatte er darin mit seiner schwer lesbaren Ärztehandschrift täglich in zwei oder drei Zeilen das notiert, was ihm erinnernswert schien, vor allem über das Kind. In den ersten Apriltagen fängt er dann plötzlich an, von jemandem zu schreiben, dessen Namen er nicht nennt.»

«Dessen Namen er nicht nennt?» fragte Laurana mißtrauisch und ironisch.

«Er nennt ihn nicht, aber man versteht sehr gut, um wen es sich handelt.»

«Aha, das versteht man», sagte Laurana in einem Ton, dem man die herablassende Neigung anhörte, auf den Scherz einzugehen, ohne auf ihn hereinzufallen.

«Es handelt sich unmißverständlich um meinen Vetter, ein Irrtum ist ausgeschlossen.»

Das hatte Laurana nicht erwartet. Ihm stockte der Atem, er schnappte nach Luft.

«Ich vertraue mich Ihnen an», fuhr Frau Luisa fort, «weil ich weiß, wie freundschaftlich und herzlich Sie meinem Mann verbunden waren. Sonst weiß niemand davon, und niemand darf es erfahren, bevor ich die Beweise in der Hand habe. Und heute bin ich hergekommen, um sie mir zu verschaffen. Ich habe einen bestimmten Verdacht.»

«Ja, dann ...» sagte Laurana.

«Was dann?»

Er war drauf und dran zu sagen, daß sie dann ja nichts damit zu tun hatte, daß sie schuldlos war, daß er sie zu Unrecht verdächtigt hatte, aber er sagte errötend: «Dann glauben Sie also nicht mehr, daß Ihr Mann umgebracht wurde, weil er in Begleitung des Apothekers war?»
«Das kann ich noch nicht mit Bestimmtheit sagen. Aber möglich ist es... Und Sie?»
«Ich?»
«Sie sind davon überzeugt?»
«Wovon?»
«Daß die Sache von meinem Vetter ausging und daß der arme Apotheker überhaupt nichts damit zu tun hatte.»
«Ehrlich gesagt...»
«Bitte, verheimlichen Sie mir nichts, ich brauche Sie so sehr», sagte Frau Luisa bekümmert und sah ihm mit flehentlich leuchtendem Blick in die Augen.
«Wirklich überzeugt bin ich nicht. Ich habe Gründe für den Verdacht, ziemlich schwerwiegende Gründe. Aber Sie... Sie wären wirklich bereit, etwas gegen Ihren Vetter zu unternehmen?»
«Warum nicht? Wenn der Tod meines Mannes... Aber ich brauche Ihre Hilfe.»
«Ich stehe Ihnen zur Verfügung», stammelte Laurana.
«Vor allem müssen Sie mir versprechen, daß Sie niemandem, nicht einmal Ihrer Mutter, etwas von dem sagen, was ich Ihnen eben anvertraut habe.»
«Das schwöre ich Ihnen.»
«Dann wollen wir über das, was Sie wissen, und über das, was ich heute zu erfahren hoffe, sprechen und überlegen, wie wir weiter vorgehen wollen.»
«Dabei sind aber Vorsicht und Klugheit geboten.

Denn es ist ein großer Unterschied zwischen einem Verdacht...»

«Ich hoffe, heute Gewißheit zu erhalten.»

«Wie denn?»

«Darüber kann ich vorläufig nicht sprechen. Ich bleibe bis morgen abend hier. Wenn Sie Lust haben, können wir uns morgen abend treffen. Wo könnten wir uns treffen?»

«Ich weiß nicht. Ich meine, ich weiß nicht, ob Sie Bedenken haben, mit mir gesehen zu werden.»

«Nein.»

«In einem Café?»

«Gut, in einem Café.»

«Im Café Romeris. Dort sind nicht viele Leute, man kann in aller Ruhe sprechen.»

«Gegen sieben? Um sieben?»

«Ist das nicht ein bißchen spät für Sie?»

«Aber nein. Ich glaube übrigens nicht, daß ich vor sieben fertig bin. Bis dahin habe ich eine schwierige Aufgabe zu lösen. Aber das werden Sie morgen abend alles erfahren... Also um sieben, im Café Romeris. Und dann können wir zusammen mit dem letzten Zug nach Hause fahren, wenn Sie wollen.»

«Daß wäre mir eine große Freude», sagte Laurana und errötete vor Glück.

«Und Ihre Mutter? Was sagen Sie Ihrer Mutter?»

«Daß ich in der Schule länger zu tun habe. Es wäre übrigens nicht das erste Mal.»

«Versprechen Sie mir das?» fragte Frau Luisa mit einem verheißungsvollen Lächeln.

«Ich schwöre es Ihnen», antwortete Laurana überglücklich.

«Also auf Wiedersehen», sagte sie und reichte ihm die Hand.
Von Liebe und Reue überwältigt, beugte Laurana sich über sie, als wollte er sie küssen. Dann sah er Frau Roscio nach, während sie sich zwischen Palmen in der Bläue des Platzes entfernte: ein wunderbares, unschuldiges, tapferes Geschöpf. Und beinahe kamen ihm die Tränen.

XVI

Das Café Romeris, ganz im Jugendstil gehalten, mit großen, löwengeschmückten Spiegeln und einem geschnitzten «baiser au serpent», dessen Fangarme vom Büfett bis in die Beine der Tische und Stühle, in die Arme der Leuchter und in die Henkel der Tassen zu greifen schienen, wurde von Einheimischen kaum noch besucht und lebte eigentlich nur in den Büchern eines rund dreißig Jahre zuvor verstorbenen Schriftstellers der Stadt fort. Die wenigen Gäste waren Fremde, Leute aus der Provinz, die sich an seine früheren Glanzzeiten erinnerten, oder Menschen wie Laurana, die es aus literarischen Gründen und wegen seiner Ruhe bevorzugten. Es war unbegreiflich, warum Herr Romeris, der letzte in einer glorreichen Dynastie von Konditoren, es noch offenhielt; vielleicht ebenfalls aus literarischen Gründen, zu Ehren des Schriftstellers, der in dem Café verkehrt und ihm Unsterblichkeit verliehen hatte.
Laurana erschien dort zehn Minuten vor sieben. Nur

selten war er um diese Zeit bei Romeris gewesen, aber er traf dieselben Leute an wie morgens oder am frühen Nachmittag: Herrn Romeris, der hinter der Registrierkasse saß, den vor sich hin dösenden Baron d'Alcozer, Exzellenz Mosca und Exzellenz Lumia, zwei Richter, die es zu hohen Würden gebracht hatten und hier nun seit geraumer Zeit ihre Pension, ihre Partie Dame, ihr Glas Marsala und ihre halbe Zigarre genossen.

Laurana kannte sie. Er grüßte, und alle erkannten ihn, sogar der Baron, der die Leute immer am spätesten wiedererkannte. Exzellenz Mosca fragte ihn, weshalb er zu so ungewohnter Stunde komme. Laurana erklärte, er habe den Autobus verpaßt und müsse nun auf den Zug warten. Er setzte sich an einen Ecktisch und bat Herrn Romeris, ihm einen Kognak zu bringen. Herr Romeris erhob sich schwerfällig hinter seinem Jugendstilmonument aus Messing, denn den Luxus, sich einen Kellner zu halten, konnte er sich nicht leisten. Langsam und bedächtig schenkte er den Kognak ein und brachte ihn Laurana an den Tisch. Da der Lehrer schon ein Buch aus seiner Aktentasche gezogen hatte, fragte er ihn, was er da lese.

«Voltaires Liebesbriefe», antwortete Laurana.

«Hihi, Voltaires Liebesbriefe.» Der Baron kicherte.

«Kennen Sie sie?» fragte Laurana.

«Lieber Freund», antwortete der Baron, «ich kenne alles von Voltaire.»

«Wer liest ihn denn heute noch?» mischte sich Exzellenz Lumia ein.

«Ich», erwiderte Exzellenz Mosca.

«Gewiß, wir lesen ihn. Auch der Professor – ich weiß zwar nicht, in welchem Umfang. Aber nach dem, was heute so geschieht, ist kaum anzunehmen, daß Voltaire noch ein vielgelesener Schriftsteller ist, oder jedenfalls nicht, daß er auf die richtige Weise gelesen wird», sagte Exzellenz Lumia.

«Ach ja», seufzte der Baron.

Laurana ließ das Gespräch einschlafen. Im übrigen wurden zwischen diesen alten Leuten im Café Romeris Gespräche so geführt: lange Pausen, in denen jeder still für sich ein Thema wiederkäute; dann sagte der eine oder der andere plötzlich etwas. Und tatsächlich erklärte eine Viertelstunde später Exzellenz Mosca: «Diese Hunde lesen Voltaire nicht mehr.» Und im Sprachgebrauch des Cafés Romeris wurden als Hunde die Politiker bezeichnet.

«Voltaire? Die lesen doch überhaupt nichts, nicht einmal die Zeitungen», sagte der Baron.

«Es gibt Marxisten, die haben nicht eine Zeile von Marx gelesen», bemerkte Herr Romeris.

«Und Volksparteiler» – der Baron blieb hartnäckig dabei, die Christdemokraten Volksparteiler zu nennen –, «die keine Zeile von Don Sturzo kennen.»

«Hu, Don Sturzo», sagte Exzellenz Mosca und prustete gelangweilt.

Dann schwiegen alle wieder. Es war bereits Viertel nach sieben. Laurana überflog, ohne sich etwas von dem Inhalt zu merken, das zweifach obszöne Italienisch eines Briefes von Voltaire und blickte dabei fortgesetzt nach der Tür. Aber bekanntlich bedeuten eine Viertelstunde oder sogar eine halbe Stunde Verspätung für das normale Zeitgefühl einer Frau nichts. Deshalb war er nicht ungeduldig, sondern nur unruhig, und es war die gleiche Unruhe, mit der er sich in

den letzten Tagen herumgeschlagen hatte, eine freudige Unruhe, der aber eine Spur Ängstlichkeit beigemischt war, die Luisa (so nannte er sie jetzt im stillen) an seiner Seite und der alten Frau Laurana gegenüber in eine Art Weltgerichtsstimmung versetzte.
Viertel vor acht sagte Baron d'Alcozer mit unverhohlen provokatorischer Absicht zu Herrn Romeris: «Im übrigen hat ihn ja nicht einmal Ihr Don Luigi gelesen.» Damit bezog er sich auf den Schriftsteller, der dem Café Romeris Unsterblichkeit verliehen hatte und dem Herr Romeris einen eifersüchtigen, ja geradezu fanatischen Kult widmete.
Herrn Romeris' Stirn und Brust schnellten hinter der Registrierkasse hoch. «Was hat denn Don Luigi damit zu tun?» fragte er. «Don Luigi las alles, wußte alles ... Daß Voltaire nicht zu seiner Weltanschauung paßte, steht auf einem ganz anderen Blatt.»
«Aber, lieber Commendatore Romeris», erwiderte Exzellenz Mosca, «ich gebe ja gern zu, daß Don Luigis Weltanschauung nichts mit der Voltaires zu tun hatte, aber sein Telegramm an Mussolini und der Fez, den er aufsetzte ...»
«Entschuldigen Sie, Exzellenz, aber haben Sie vielleicht nicht den Eid auf den Faschismus abgelegt?» fragte Herr Romeris, der bereits rot sah und sich nur mit Mühe beherrschte.
«Ich nicht», erwiderte Exzellenz Lumia und hob die Hand.
«Na, ich weiß nicht», meinte Exzellenz Mosca.
«Ach, du weißt es nicht?» fragte Exzellenz Lumia gekränkt.
«Doch, ich weiß es wohl, aber es war nur ein Zufall;

die haben bloß vergessen, dich den Eid ablegen zu lassen», räumte Exzellenz Mosca ein.
«Es war kein Zufall, ich habe alles darangesetzt, um diesen Eid nicht ablegen zu müssen.»
«Jedenfalls», sagte Exzellenz Mosca, «war der Eid für uns eine Lebensnotwendigkeit: Friß, Vogel, oder stirb!»
«Don Luigi hingegen...» Der Baron lächelte höhnisch.
«In diesem Land», sagte Herr Romeris, «verzehren sich die Leute vor Neid. Don Luigi hat Dinge geschrieben, die von der ganzen Welt bewundert werden, aber hier ist er nur der Mann, der Mussolini ein Telegramm geschickt und der einen Fez aufgesetzt hat. Es ist zum Verrücktwerden.» Aber keiner ging auf diese Anspielung ein oder fühlte sich durch diese Beleidigung getroffen. Denn den drei alten Herren kam es nur darauf an, ihren Freund zu reizen, bis er wütend wurde.
Laurana hätte das unter anderen Umständen viel Vergnügen bereitet. Jetzt machte ihn das kleine Wortgefecht nur ungeduldig, als wäre es schuld, daß Luisa auf sich warten ließ. Er stand auf, ging an die Tür, schaute nach rechts und nach links auf die Straße. Nichts. Er setzte sich wieder.
«Erwarten Sie jemanden?» fragte Herr Romeris.
«Nein», antwortete er kurz. Sie kommt bestimmt nicht mehr, sagte er sich im stillen, es ist jetzt schon acht. Aber noch hoffte er. Zu Herrn Romeris' Verwunderung bestellte er noch einen Kognak. Viertel nach acht fragte ihn Exzellenz Mosca: «Und die Schule, Signor Laurana, wie geht's in der Schule?»

«Schlecht», antwortete Laurana.

«Warum sollte es mit ihr auch gutgehen», sagte der Baron. «Wenn alles in die Brüche geht, geht's auch mit der Schule bergab.»

«Stimmt», bestätigte Exzellenz Lumia.

Um Viertel vor neun sah Laurana in seiner Angst Luisa tot vor sich. Er war versucht, den vier alten Herren, die sich im Leben und im menschlichen Herzen gewiß besser auskannten als er, zu erzählen, was ihm widerfuhr und was er dabei empfand. Aber Baron d'Alcozer zeigte auf das Buch, das Laurana zugeklappt hatte, und sagte: «Wenn man diese Briefe von Voltaire liest, denkt man an unser Sprichwort, in dem es heißt, in gewissen Augenblicken, unter gewissen Umständen kümmere sich ein gewisser Körperteil nicht mehr um verwandt oder nicht verwandt», und er erklärte den anderen, daß Voltaire diese Briefe an seine Nichte geschrieben hatte. Exzellenz Lumia zitierte das Sprichwort wörtlich, und der Baron fügte hinzu, Voltaire gebrauche denselben Ausdruck wie das Sprichwort für die Umstände, unter denen Verwandtschaft nichts mehr gelte, und zwar gebrauche er ihn auf italienisch. Und er bat Laurana um das Buch, um den Freunden die Briefe vorzulesen, in denen dieser Ausdruck vorkam.

Zu Lauranas Ärger fanden sie großen Spaß daran. Wie sollte er mit diesen alten Trotteln, die nichts als Bosheiten und Obszönitäten im Sinn hatten, von seiner Sorge, seinem Kummer sprechen? Alles in allem war es sicherlich besser, zur Polizei zu gehen, nach einem seriösen, aufmerksamen Beamten zu suchen und ihm alles zu erzählen ... Ihm was zu erzählen? Daß eine

Dame sich mit ihm im Café Romeris verabredet hatte und dann nicht gekommen war? Lächerlich. Die Gründe seiner Besorgnis nennen? Aber damit hätte er eine gefährliche Maschinerie in Gang gesetzt, die dann nicht mehr anzuhalten war. Und was wußte er schließlich von dem, was Luisa in diesen beiden Tagen erfahren hatte? Wenn sie nun Beweise gefunden hatte, die in eine ganz andere Richtung wiesen? Und wenn sie nicht den leisesten Schatten eines Beweises gefunden hatte? Und wenn ihr Kind krank geworden oder sonst etwas Unvorhergesehenes geschehen war und man sie deshalb nach Hause geholt hatte? Und wenn sie im Eifer des Gefechts einfach ihre Verabredung vergessen hatte?

Aber hinter all diesen Möglichkeiten tauchte immer wieder der Gedanke auf, daß Luisa in Gefahr, daß sie schon tot sei. Aufgeregt ging er zwischen Tür und Theke hin und her.

«Haben Sie Sorgen?» fragte der Baron und unterbrach seine Lektüre.

«Nein, nur daß ich schon zwei Stunden hier bin.»

«Wir sind schon seit Jahren hier», sagte der Baron, schlug das Buch zu und gab es ihm zurück.

Laurana nahm es und steckte es in seine Aktentasche. Er blickte auf die Uhr: neun Uhr zwanzig. «Ich glaube, ich sollte mich auf den Weg zum Bahnhof machen», sagte er.

«Sie haben noch eine Dreiviertelstunde Zeit, bis Ihr Zug fährt», meinte Herr Romeris.

«Ich gehe noch ein bißchen spazieren, der Abend ist so schön», antwortete Laurana. Er bezahlte die beiden Kognaks und verließ das Café. Ehe die Tür hinter ihm

zufiel, hörte er Exzellenz Lumia noch sagen: «Wahrscheinlich hat er eine Verabredung mit einer Frau und kann es nicht abwarten.»
Auf der Straße waren nur wenige Leute. Der Abend war schön, aber bitter kalt und windig. Langsam und in düsteren Gedanken ging er zum Bahnhof hinunter.
Als er auf den Bahnhofsplatz einbog, überholte ihn ein Wagen, hielt mit kreischenden Bremsen zehn Meter vor ihm und fuhr dann im Rückwärtsgang zu ihm zurück. Die Tür öffnete sich, der Fahrer beugte sich heraus und rief: «Herr Professor, Herr Professor Laurana.» Laurana näherte sich ihm und erkannte einen Mann aus seinem Dorf, wenn ihm im Augenblick auch sein Name nicht einfiel.
«Gehen Sie zum Bahnhof? Wollen Sie mit dem Zug nach Hause fahren?»
«Ja», antwortete Laurana.
«Wenn Sie mitfahren wollen», bot der Mann ihm an.
Eine gute Gelegenheit, dachte Laurana. Ich werde bald zu Hause sein, und vielleicht kann ich noch bei Luisa anrufen, um zu hören, was los ist. «Danke», sagte er, stieg ein und setzte sich neben den Fahrer. Eilig fuhr der Wagen ab.

XVII

«Ein verschlossener Charakter, wortkarg, manchmal ungeduldig und zu Widerspruch geneigt. Einer von denen, die zwar freundlich, hilfsbereit und sogar herzlich sein können, dann aber auf einen falschen Ein-

druck, ein mißverstandenes Wort mit den unvorhergesehensten Einfällen reagieren. Als Lehrer ist nichts gegen ihn einzuwenden: sehr tüchtig, genau und gewissenhaft. Solid in seiner Bildung, gut in der Methode. In dieser Beziehung, das möchte ich noch einmal betonen, ist nichts gegen ihn zu sagen. Aber was sein Privatleben angeht... Nun, ich möchte nicht indiskret sein, aber als Mann, im Bereich privater Gefühle, ist er mir immer – wie soll ich es ausdrücken? – komplexbeladen und wie besessen vorgekommen.»
«Wie besessen?»
«Vielleicht ist dieses Wort ein bißchen zu hart, jedenfalls entspricht es nicht dem Eindruck, den die meisten Leute von ihm und seinem Leben haben. Ein ausgeglichener, ordentlicher Mensch mit regelmäßigen Gewohnheiten; unabhängig in seinen Meinungen und Urteilen, frei... Aber wer ihn gut kennt, der kann es immer wieder erleben, daß er plötzlich schwierig wird, Ressentiments hat... Den Kolleginnen und den Schülerinnen gegenüber spielt er den Weiberfeind, aber ich glaube, er ist nur schüchtern.»
«Besessen, was die Frauen angeht? In sexueller Hinsicht?» fragte der Kommissar.
«Ja, so ungefähr», bestätigte der Direktor.
«Und gestern, wie hat er sich gestern benommen?»
«Ich würde sagen: ganz normal. Er hat seinen Unterricht gehalten, hat ein bißchen mit mir und den Kollegen geplaudert. Wir haben, glaube ich, über Borgese gesprochen...»
Der Bleistift des Kommissars senkte sich auf das Papier, um diesen Namen zu notieren. «Warum?» fragte er.

«Warum wir über Borgese gesprochen haben? Nur weil Laurana sich seit einiger Zeit in den Kopf gesetzt hatte, Borgese werde unterschätzt, man müsse ihm mehr Gerechtigkeit widerfahren lassen.»
«Und Sie sind nicht dieser Meinung?» fragte der Kommissar, und ein Verdacht schwang in dieser Frage mit.
«Ehrlich gesagt, könnte ich das nicht behaupten. Ich müßte ihn wieder lesen... Sein ‹Rubè› hat mich tief beeindruckt, aber vor dreißig Jahren, Herr Kommissar, vor dreißig Jahren.»
«Ach so», sagte der Kommissar und ließ den Namen Borgese, den er zuvor notiert hatte, unter nervösem Gekritzel verschwinden.
«Aber vielleicht», fuhr der Direktor fort, «haben wir auch vorgestern von Borgese gesprochen. Gestern... Jedenfalls hatte ich nicht das Gefühl, daß er gestern anders war als sonst.»
«Jedenfalls steht fest, daß er gestern nicht wegen einer Lehrerkonferenz in der Stadt geblieben ist.»
«Ganz fest.»
«Aber warum hat er das dann zu seiner Mutter gesagt?»
«Ja, wer weiß. Zweifellos wollte er etwas verheimlichen. Und das einzige, von dem man sich vorstellen kann, daß er es ihr verheimlichen wollte, ist ein Verhältnis mit einer Frau oder, wenn schon kein Verhältnis...»
«Eine Verabredung, ein Treffen. Daran haben wir auch schon gedacht. Aber bisher ist es uns nicht gelungen, zu rekonstruieren, wie er seine Zeit verbracht hat, nachdem er das Restaurant hier in der Nähe verlassen hatte, das heißt, die Zeit nach vierzehn Uhr dreißig.»

«Ein Schüler aus seiner Klasse hat mir gesagt, er habe ihn gestern an einem Tisch im Café Romeris sitzen sehen.»
«Könnte ich diesen Jungen sprechen?»
Der Direktor ließ den Jungen sofort holen, der bestätigte, er sei am Abend zuvor am Café Romeris vorbeigekommen, habe einen Blick hineingeworfen und Professor Laurana an einem Tisch sitzen sehen; er habe in einem Buch gelesen, es sei ungefähr drei Viertel acht, vielleicht auch schon acht Uhr gewesen.
Der Junge wurde entlassen. Der Kommissar steckte Bleistift und Notizbuch in die Tasche und stand seufzend auf. «Dann werden wir mal ins Café Romeris gehen. Ich muß die Sache rasch klären, denn seine Mutter ist seit heute früh um sechs auf der Polizei und wartet.»
«Die arme Alte. Und er hing so an seiner Mutter», sagte der Direktor.
«Na, wer weiß», meinte der Kommissar. Ihm war ein Gedanke gekommen, und tatsächlich fand er im Café Romeris die Bestätigung dafür.
«Meiner Meinung nach», sagte Exzellenz Lumia, «war er mit einer Frau verabredet. Er war so ungeduldig und aufgeregt.»
«Er wartete darauf, daß es Zeit würde, und war so bewegt wie ein Junge, der das erste Abenteuer vor sich hat», äußerte sich der Baron.
«Sie irren sich, Herr Baron, meiner Meinung nach war er mit der Frau hier verabredet, und die Frau ist nicht gekommen», wandte Herr Romeris ein.
«Ich weiß nicht», meinte Exzellenz Mosca, «ich weiß nicht... Eine Frau steckt dahinter, da gibt es keinen Zweifel. Als er nach zwei Stunden fortging, hat einer

von uns gesagt, er gehe bestimmt zu einer Verabredung mit einer Frau.»

«Das habe ich gesagt», erklärte Exzellenz Lumia. «Aber eigentlich hat er sich nicht wie einer benommen, der nur ein bißchen Zeit bis zu einer Verabredung verbringen muß. Ständig hat er von seinem Buch aufgesehen und zur Tür hinübergeschaut, dann ist er zwischen Tür und Theke auf und ab gegangen, einmal hat er sogar die Tür aufgemacht, um nach rechts und nach links auf die Straße zu schauen», sagte Exzellenz Mosca.

«Also», bemerkte der Kommissar, «wußte er nicht, von welcher Seite die Frau kommen würde, ob von rechts oder von links. Daraus kann man folgern, daß er nicht wußte, in welchem Teil der Stadt die Frau wohnte.»

«Wir sollten lieber nichts folgern», wandte der Baron ein, «die Wirklichkeit ist immer vielfältiger und weniger übersehbar als unsere Folgerungen. Wenn Sie aber unbedingt Schlüsse ziehen müssen, dann will ich Ihnen sagen, daß diese Frau, falls er wirklich eine hier im Café erwartete, von auswärts kam. Oder glauben Sie etwa, daß hier die Frauen um sieben oder acht aus dem Haus gehen, um sich in einem Café mit einem Mann zu treffen?»

«Es sei denn, es handelte sich um ein leichtes Mädchen», korrigierte ihn Exzellenz Lumia.

«Der war nicht der Typ, der sich mit leichten Mädchen einläßt», widersprach Herr Romeris.

«Lieber Commendatore Romeris, Sie machen sich ja keine Vorstellung, wie viele Leute, seriöse, würdige und gebildete Leute, die Gesellschaft leichter Mädchen suchen», entgegnete Exzellenz Lumia. «Eher wäre einzuwenden, daß ein leichtes Mädchen ihn in ihre Wohnung oder ins Hotel bestellt hätte; hier kann allenfalls ein Rendezvous von Verliebten stattfinden.»

«Das Problem», sagte der Baron, «ist folgendes: Entweder er hatte hier eine Verabredung, die Frau kommt nicht, er verläßt das Café, geht zum Bahnhof, verschwindet; oder er bleibt hier, bis es Zeit für seine Verabredung ist, und verschwindet. Wenn er die Frau hier erwartet hat, was kann er dann getan haben, als er merkte, daß er sitzengelassen wurde oder daß die Frau aus wer weiß welchen Gründen nicht kommen konnte, ganz gleich, ob er sich nun betrogen fühlte oder ob er sich Sorgen machte? Da gibt es drei Möglichkeiten: Er geht nach Hause, um seine Enttäuschung oder seinen Kummer zu verschlafen; er geht in die Wohnung der Frau, um eine Erklärung zu verlangen, und trifft dort mit jemandem zusammen, der ihm das Fell über die Ohren zieht, oder er stürzt sich von der Bastion hinunter oder wirft sich vor einen Zug. Da er nicht nach Hause gegangen ist, bleiben die beiden letzten Möglichkeiten. Wenn er aber hier war, um die Zeit bis zu seiner Verabredung zu verbringen, dann bleibt nur eine der beiden Möglichkeiten, daß er nämlich am Ort seiner Verabredung auf einen Vater oder Bruder stößt, der ihn umbringt, und damit gute Nacht.»

«Aber man könnte auch eine weniger romantische, natürlichere, alltäglichere Hypothese aufstellen: Er ist zu der Verabredung gegangen, hat die Frau seiner Wünsche angetroffen und bei ihr seine Mutter, die

Schule und Gott den Herrn vergessen. Wäre das nicht auch möglich?» fragte Exzellenz Mosca.
«Ich glaube nicht, ein so ruhiger, beherrschter Mensch», wandte Herr Romeris ein.
«Gerade darum», entgegnete Exzellenz Lumia
Der Kommissar stand auf. «Mir raucht der Kopf.» Die Schlüsse des Barons in ihrer unwiderlegbaren Folgerichtigkeit hatten einen Abgrund vor ihm aufgerissen. Wie sollte man alle Frauen ausfindig machen, die mit dem Professor ein flüchtiges oder dauerhaftes Verhältnis haben konnten? Angefangen bei seinen Schülerinnen, denn Mädchen zwischen fünfzehn und achtzehn Jahren sind heute zu allem fähig. Dann seine Kolleginnen. Und die Mütter von Schülern und Schülerinnen, zumindest die besterhaltenen und hübschesten. Und schließlich die leichten Mädchen, die man wiederum wie seit alters einteilen konnte in ehrbare und minderwertige, die sich nach bestimmten Sätzen bezahlen ließen. Es seit denn natürlich, der Professor käme heute oder morgen wieder zum Vorschein wie ein Kater, der ein paar Nächte auf den Dächern umhergestrichen ist.
Aber der Professor lag unter einem Schlackenhaufen in einer stillgelegten Schwefelgrube, in der Luftlinie genau halbwegs zwischen der Kreisstadt und seinem Heimatort.

XVIII

Am achten September feiert man im Ort das Fest Mariä Geburt. In einer Prozession wird das Bild eines Kindes in gold- und perlenbestickten Tüchern durch die Straßen getragen. Feuerwerk und Musikkapellen lassen selbst die dicksten Mauern wie ein Trommelfell vibrieren. Das erste Schwein wird geschlachtet, und zum letztenmal gibt es Eis in Hülle und Fülle. An diesem Tag nahm der Dekan Rosello die alte Gewohnheit wieder auf, in seinem Haus zu Ehren der Kindheit Mariä, deren Altar in der Hauptkirche seine ganze Liebe galt, einen Empfang zu geben. Seit vielen Jahren hatte er es so gehalten, im Vorjahr aber hatte er davon abgesehen, weil er Roscios wegen in Trauer war. Jetzt indessen hatte sich das tragische Ereignis im August gejährt, darum öffnete er sein Haus wieder für das Fest, und er tat es um so lieber, als die Verlobung seines Neffen, des Rechtsanwalts, mit seiner Nichte Luisa anzuzeigen war, ein Ereignis, zu dem, wie der Dekan sagte, die Bosheit der Menschen und der unerforschliche Ratschluß Gottes, in den er sich ergab, gleichermaßen beigetragen hatten.

«Ich finde mich eben damit ab», erklärte er Don Luigi Corvaia. «Gott weiß, ob ich diese Heirat der beiden, die in meinem Haus wie Bruder und Schwester aufgewachsen sind, gewollt habe. Aber so, wie die Dinge heute liegen, nach dieser Tragödie, handelt es sich um ein Werk christlicher Nächstenliebe... Richtiger gesagt: christlicher Familienliebe. Dürfte man zulassen, daß meine arme Nichte, so jung und mit einem Kind, den Rest ihres Lebens einsam vertrauert? Und wie sollte man andererseits heutzutage einen guten Ehemann für sie finden, einen, der sie nicht heiratet, um ihr Vermögen zu verprassen, und der so voller Güte, so voller Nächstenliebe ist, daß er das Kind wie sein eigenes betrachtet? Das hält schwer, lieber Don Luigi, das hält sehr schwer. Und darum hat mein Neffe, der sich, ehrlich gesagt, nicht zur Ehe berufen fühlte, den Entschluß gefaßt, nun, ich will nicht sagen, sich zu opfern, aber diesen richtigen, diesen barmherzigen Schritt zu tun.»

«Donnerwetter», sagte der Oberst, der hinter dem Rücken des Dekans den letzten Satz gehört hatte, und das klang beinahe wie ein Röhren.

Empört und erschrocken zugleich wandte der Dekan sich um. Aber als er den Oberst sah, lächelte er und ermahnte ihn sanft: «Herr Oberst, Herr Oberst, noch immer der alte ...»

«Verzeihen Sie», sagte der Oberst, «aber ich wollte damit nur sagen, daß Sie es in Ihrem Amt natürlich mit der Nächstenliebe zu tun haben, aber ich als alter Sünder, der ich bin, habe es mit etwas ganz anderem zu tun. Frau Luisa ist doch ein Prachtweib. Und Ihr Neffe, du lieber Gott, ist schließlich ein Mann. Und ich meine, daß ein Mann angesichts dieser Anmut und Schönheit ...»

Der Dekan drohte ihm schalkhaft mit dem Finger und entfernte sich; und der Oberst sprach mit Don Luigi in freierem Ton weiter. «Der redet von christlicher Nächstenliebe, dieser widerliche Pfaffe. Dabei wäre ich einer Wahnsinnstat fähig, um diese Frau in meiner Nähe zu haben, diese Frau ...» Er zeigte auf sie, die in Halbtrauer hochelegant neben ihrem Vetter und Verlobten stand. Sie sah den Oberst, grüßte mit einem Lächeln, einer leichten Kopfbewegung. Den Oberst überlief ein Schauer des Entzückens, er neigte sich zu Don Luigis Ohr, damit er sein lustvolles Grunzen höre. «Sehen Sie dieses Lächeln? Wenn sie lächelt, ist es, als zöge sie sich aus. Das geht mir durch und durch.» Und unversehens hob er die Hand, als umklammerte er damit einen Säbel, und schrie: «Auf zum Sturm, zum Sturm!» Don Luigi sah ihn loslaufen und glaubte, er werde sich auf Frau Luisa stürzen; aber der Oberst stürzte nur ans Büfett, wo man angefangen hatte, das Eis auszugeben.

Auch Don Luigi trat ans Büfett heran. Dort standen schon der Pfarrer von Sant'Anna, Notar Pecorilla mit Gattin und Frau Zerillo. Andeutungsweise und flüsternd lästerten sie über die Gäste. Natürlich. Aber Don Luigi war nicht zu Klatsch aufgelegt. Er ging weiter.

Der Notar Pecorilla verschlang eilends sein Eis und folgte ihm. Sie trafen sich auf dem Balkon. Unten brodelte das Fest. Don Luigi mäkelte mißlaunig daran herum, kam dann von dem Fest auf die Cassa del Mezzogiorno zu sprechen und von ihr auf Fiat, die Regierung, den Vatikan und die Vereinten Nationen.

«Man hat uns ganz schön reingelegt», sagte er.

«Ist dir was nicht recht?» erkundigte sich der Notar.

«Alles», antwortete Don Luigi.

«Wir beide müssen miteinander sprechen», sagte der Notar.

«Wozu denn das?» fragte Don Luigi müde. «Was ich weiß, das weißt du auch, das wissen alle. Wozu also darüber reden?»

«Ich bin eben neugierig. Außerdem habe ich das Bedürfnis, mich auszusprechen. Und wenn ich mich nicht mit dir ausspreche, den ich seit Jahren kenne, mit wem soll ich es dann tun? Über diese Dinge rede ich nicht einmal mit meiner Frau.»

«Komm, wir wollen gehen», sagte Don Luigi.

«In mein Büro», schlug der Notar vor.

Das Büro des Notars lag wenige Schritt enfernt in einem Erdgeschoß. Sie traten ein. Der Notar machte Licht und schloß die Tür. Sie setzten sich einander gegenüber und schauten sich schweigend an. Dann sagte Don Luigi: «Du hast mich doch hierher mitgenommen, um zu sprechen, also sprich.»

Der Notar zögerte, dann sagte er rasch entschlossen und mit gequältem Ausdruck, als risse er sich einen Fetzen Haut vom Leibe: «Der arme Apotheker hatte nichts damit zu tun.»

«Eine großartige Entdeckung», sagte Don Luigi, «das habe ich schon begriffen, ehe die ersten drei Trauertage vorüber waren.»

«Begriffen oder erfahren?»

«Ich hatte etwas erfahren, was mir klargemacht hat, was sich hinter dem äußeren Anschein verbarg.»

«Und was hast du erfahren?»

«Daß Roscio die Liebschaft seiner Frau mit ihrem Vetter entdeckt hatte. Er hatte sie zusammen überrascht.»

«Ganz recht, das habe ich auch erfahren. Vielleicht später als du, aber erfahren habe ich es auch.»

«Ich habe es gleich erfahren, weil die Aufwartefrau im Haus Roscio die Mutter des Dienstmädchens meiner Tante Clotilde ist.»
«Ach so ... Aber ich frage mich, was Roscio eigentlich getan hat, als er seine Frau – nun, sagen wir – bei einem Schäferstündchen mit dem anderen überraschte?»
«Nichts hat er getan. Er hat ihnen den Rücken gekehrt und ist fortgegangen.»
«Ach, du lieber Himmel. Wie hat er sie denn am Leben lassen können? Ich hätte sie auf der Stelle umgebracht.»
«Unsinn. Hier im Land der Eifersucht und der Ehre begegnet man den vollkommensten Exemplaren gehörnter Ehemänner. Und dann kommt hinzu, daß der arme Doktor in seine Frau wahnsinnig verliebt war.»
«Und den Rest kann ich dir erzählen, den habe ich aus erster Hand. Der Sakristan der Stadtkirche hat ihn mir erzählt. Aber ich flehe dich an ...»
«Du kennst mich doch, nicht einmal unter der Folter würde ich sprechen.»
«Also, ungefähr einen Monat lang hat Roscio nichts gesagt. Eines Tages hat er dann den Dekan aufgesucht, ihm mitgeteilt, was er entdeckt hatte, und ihm ein Ultimatum gestellt: Entweder schicke er seinen Neffen weg, fort aus dem Ort, und zwar auf Nimmerwiedersehen, oder er händige einem Freund, einem kommunistischen Abgeordneten, gewisse Unterlagen aus, auf Grund derer der Liebhaber seiner Frau geradenwegs ins Zuchthaus wandern werde.»
«Wie war er denn an diese Unterlagen gekommen?»
«Anscheinend ist er an einem Tag, an dem Rosello nicht da war, in dessen Büro gegangen. Der Prak-

tikant, ein halbes Kind, hat ihn in das Zimmer geführt und dort allein gelassen. Zuvor erklärte er, der Rechtsanwalt sei auswärts und komme vorläufig nicht zurück, aber Roscio behauptete, er sei mit ihm verabredet. Mittag war vorüber, der Junge mußte essen gehen. Und er wußte nicht, daß die Beziehungen zwischen dem Rechtsanwalt und dem Doktor sich verschlechtert hatten, ihm war nur bekannt, daß die beiden sehr gut miteinander standen. Er ließ ihn also allein, und der Doktor fotografierte, was er finden konnte. Ich sage, daß er fotografiert hat, denn es steht fest, daß Rosello nichts merkte und nichts erfuhr, ehe Roscio mit dem Dekan sprach. Als der Dekan ihm sagte, was Roscio in Händen hatte, nahm sich der Anwalt den Jungen vor. Der erinnerte sich an den Besuch und gestand, daß er den Doktor in Rosellos Zimmer allein gelassen hatte. Rosello verlor die Nerven, ohrfeigte den Jungen und entließ ihn auf der Stelle. Dann überlegte er sich die Sache noch einmal, ging zu dem Jungen, erklärte ihm, die Nerven seien ihm durchgegangen, denn Roscio habe ihm Vorwürfe gemacht, daß er ihn vergebens habe warten lassen, ihre Verabredung sei nämlich wichtig gewesen. Er schenkte ihm zehntausend Lire und stellte ihn wieder ein.»

«Und das hat dir der Sakristan erzählt?»

«Nein, das habe ich von dem Vater des Jungen erfahren.»

«Hat Rosello denn wichtige Dokumente einfach in Reichweite von jedermann aufbewahrt?»

«Das weiß ich nicht. Vielleicht hatte Roscio einen Nachschlüssel. Außerdem tut Rosello doch schon so viele Jahre, was ihm paßt, daß er sich inzwischen vielleicht für sicher, für unantastbar gehalten hat. Aber als sein Onkel ihm mitteilte, was Roscio verlangte, da fühlte er den Boden unter seinen Füßen wanken.»

«Genau das», stimmte ihm Don Luigi zu. «Aber Tante Clotilde ist der Ansicht, Roscio sei beseitigt worden, weil die Liebenden es nicht länger ausgehalten hätten mit dem Versteckspielen und dem Heimlichtun... Kurz und gut: aus Leidenschaft.»

«Mit Leidenschaft hat das überhaupt nichts zu tun», erwiderte der Notar. «Die waren das doch längst gewohnt. Ihr Verhältnis reicht ja in die Zeit zurück, als sie aus dem Internat nach Hause kamen. Erst verheimlichten sie es dem Dekan und dann dem Doktor, und vielleicht machte ihnen gerade das besonderen Spaß, weil das Verbotene und Riskante sie reizte.»

Er unterbrach sich, weil an die Tür geklopft wurde. Es war ein leises, aber beharrliches Pochen. «Wer kann das sein?» fragte der Notar besorgt.

«Mach doch auf», riet Don Luigi.

Der Notar öffnete. Commendatore Zerillo stand vor der Tür.

«Warum sind Sie denn weggegangen und haben sich hier eingeschlossen?» fragte der Commendatore.

«Nur so», antwortete der Notar trocken

«Worüber haben Sie denn gerade gesprochen?»

«Über das Wetter», sagte Don Luigi.

«Lassen Sie doch das Wetter aus dem Spiel. Das bleibt vorläufig schön und ist also kein Gesprächsstoff. Ich will ehrlich sein: Wenn ich nicht mit jemandem rede, platze ich. Und Sie haben auch gerade von Dingen gesprochen, die mir schwer im Magen liegen.» Er machte mit der flachen Hand eine kreisende Bewegung über dem Magen und biß dabei die Zähne zusammen, als hätte er unerträgliche Schmerzen.

«Wenn Sie es durchaus nicht länger aushalten können, dann los. Wir hören», sagte Don Luigi.

«Und Sie werden nicht darüber reden?»

«Was sollen wir denn sagen?» fragte der Notar mit Unschuldsmiene.

«Wir wollen die Karten offen auf den Tisch legen: Sie haben gerade über diese Verlobung, über Roscio und den Apotheker gesprochen.»

«Nicht mal im Traum», antwortete der Notar.

«Und über den armen Professor Laurana», fuhr der Commendatore fort, «der verschwunden ist wie Antonio Patò im Mysterienspiel.»

Fünfzig Jahre zuvor war nämlich während der Aufführung eines Mysterienspiels, und zwar der Passion Christi nach dem Cavalier d'Orioles, Antonio Patò, der den Judas spielte, wie es seine Rolle vorschrieb, in der Versenkung verschwunden, die sich ebenso pünktlich aufgetan hatte wie in den mehr als hundert Proben und Aufführungen zuvor. Nur daß (und das gehörte nicht zu der Rolle) von diesem Augenblick an niemand mehr etwas von Antonio Patò sah und hörte. Dieses Ereignis war sprichwörtlich geworden, um das mysteriöse Verschwinden von Personen und Dingen zu bezeichnen. Darum löste die Anspielung darauf bei Don Luigi und dem Notar Heiterkeit aus. Aber sie nahmen sich gleich wieder zusammen und machten ernste, ratlose, sorgenvolle Gesichter, und Zerillos Blick ausweichend, fragten sie: «Und was hat Laurana damit zu tun?»

«Die armen Unschuldslämmer», sagte der Commendatore ironisch, «sie wissen nichts und begreifen nichts. Kommt, beißt in dieses Fingerchen.» Und er näherte seinen von der geschlossenen Faust abgespreizten kleinen Finger erst dem Mund des Notars und dann Don Luigis Mund, wie es in weniger aseptischen Zeiten als den unseren die Mütter mit ihren Kindern taten, wenn sie zahnten.

Alle drei lachten.

Dann sagte Zerillo: «Ich habe etwas erfahren, was aber unter uns bleiben muß. Ich beschwöre Sie! Es betrifft den armen Laurana.»

«Er war ein Dummkopf», sagte Don Luigi.